Em-nome-do-PAI

(Trilogia infamiliar)

Márcia Barbieri

Em-nome-do-PAI

(Trilogia infamiliar)

Copyright © 2025 Márcia Barbieri

Em-nome-do-PAI (Trilogia infamiliar) © Editora Reformatório

Editor:
Marcelo Nocelli

Revisão:
Marcelo Nocelli
Natália Souza

Imagem de capa:
Márcia Barbieri

Design, editoração eletrônica e capa:
Karina Tenório

Dados Internacionais de Catalogação na Publicação (CIP)
Bibliotecária Juliana Farias Motta CRB7/5880

Barbieri, Márcia
      Em nome do pai / Márcia Barbieri. – São Paulo: Reformatório, 2025.
      242 p.: 14x21 cm.

      ISBN: 978-65-986974-0-2

      1. Romance brasileiro. I. Título.
B236e   CDD B869.3

Índice para catálogo sistemático:
1. Romance brasileiro

Todos os direitos desta edição reservados à:

Editora Reformatório
www.reformatorio.com.br

O homem é um cadáver adiado.
(Fernando Pessoa)

Há esperanças, só não para nós.
(Franz Kafka)

A casa foi vendida com todas as lembranças
todos os móveis todos os pesadelos
todos os pecados cometidos ou em via de cometer
a casa foi vendida com seu bater de portas
seu vento encanado sua vista do mundo
seus imponderáveis
por vinte, vinte contos.
(Carlos Drummond de Andrade)

Sumário

PARTE I – Memórias do subsolo, 9

Capítulo 1
Sob teu cadáver, 11

Capítulo 2
Nascimento, 13

Capítulo 3
As filhas de Don Silvério, 15

Capítulo 4
Carta ao pai, 53

Capítulo 5
Ainda as filhas de Don Silvério, 69

Capítulo 6
Eu, Don Silvério, o excomungado, 87

Capítulo 7
Ëncarnácion e as manias de Eustáquio, 95

PARTE II – Crime e castigo, 135

Capítulo 1
Noah, a hermafrodita ☿, 137

Capítulo 2
O médico de Marbug ou o livro de Jó, 151

Capítulo 3
Prazer, sou Yang, a médica de Marbug, 173

Capítulo 4
De corpo presente, 195

Capítulo 5
Carta-testamento, 215

Capítulo Final
Extremunção, 219

PARTE I

Memórias do subsolo

Capítulo 1

Sob teu cadáver

Uma casa com ou sem ferrolhos sempre esconde segredos tenebrosos.

Capítulo 2

Nascimento

PAI

não te acusaremos por tentar nos afogar no primeiro banho, sabemos que o Senhor foi derrotado pela dor do puerpério, além disso, sua cabeça funcionava mal porque suas tetas estavam doloridas e cheias de leite, parecia uma mulher assustada ou um estorninho comendo carrapato num touro grande demais

MÃE

sempre fomos perseguidas pela assombração da mãe morta, pois era assim que a víamos, como um defunto que não foi enterrado. Foi assim desde os primórdios, quando o seu seio farto, na hora da amamentação, fazia SOMBRA sobre nossos rostos

FILHAS

esfregavam na minha cara as genitálias, elas estavam expostas ao lado da cama feito a escarradeira de um tuberculoso

Capítulo 3

As filhas de Don Silvério

— *Sabe o que é angústia meu Pai? É querer comer a carne de um animal extinto.*

— *Sabe o que é amargura minha Mãe? Querer comer uma fruta fora de época.*

:Nascemos todas do útero falido de Don Silvério; No entanto, igualmente nos desenvolvemos nas trompas de falópio de nossa mãe postiça; Ëscorria pelos nossos braços o sangue coalhado de Almå; Se direcionássemos nossos pulsos ao sol era possível ver um líquido ralo escorrendo; Observávamos os nossos membros e lá estava Elå, viva no mapa das nossas veias; Indecorosa; Assombrando nossas madrugadas com a sua cara sardenta e engolindo nossa paz com a sua boca cheia de dentes; Não tínhamos o direito de reclamar; Até pouco tempo atrás Elã emprestava o seu corpo raquítico e feio para que maturássemos; Não nos amava; Agia com a frieza de uma mãe consciente de que poderia a qualquer hora retirar outras criaturas do ventre; Parecia um ornitorrinco; Ainda assim tínhamos de agradecer por não termos herdado a hemofilia da família paterna nem o retardamento dos nossos tios-avôs, não sangraríamos até desfalecer nem abanaríamos as orelhas crédulas em nosso poder de voo, se nos cortássemos teríamos a nossa sanidade restabelecida em alguns minutos e o nosso sangue estancado em menos de um quarto de hora; Ainda não conhecíamos a gravidade dos relógios; Nem nos incomodávamos com o movimento incessante dos ponteiros; Éramos letárgicas como a maioria das criaturas vivas; E andávamos sobre quatro pernas; Não sofreríamos uma hemorragia na adolescência ao arrancar o siso nem esbarraríamos na morte com o surgimento da menarca; Se puxássemos nossa genitora não esbanjaríamos amor com nossas crias; Don Silvério sempre fora um relógio que adiantava; Nascemos precocemente; Se tivéssemos nascido alguns meses depois seria igualmente inútil, continuaríamos sendo vigiadas pela estupidez de Almã e pelas suas sobrancelhas arqueadas; Seríamos assoladas pela sua bestialidade; Colecionaríamos as moscas que rondavam as suas feridas; Giraríamos em torno de suas escarras; Teríamos as cabeças vigiadas pelos mesmos piolhos que um dia povoaram a sua cabeça pavorosa; A sarna que tomou conta do seu corpo também habitaria nossa pele; Rasgaríamos o verbo com as unhas; Uma lagartixa atravessa um cômodo escuro por séculos e não sabemos nada do seu trajeto pregresso; Talvez percorrêssemos os corredores do mesmo manicômio que se instalou na puberdade, ainda que a loucura nos parecesse uma ideia abstrata e ao mesmo tempo robusta e os nossos pensamentos nos parecessem excessivamente ordenados; Não conhecemos nenhum louco que admita a sua insanidade; Todo nascimento é uma dívida ancestral; Seríamos cobradas; Não negaríamos nossa dívida, embora faríamos pouca questão de pagar; Comeríamos o pão que o diabo amassou; Não nos desviaríamos da filiação, da surdez congênita ou da mudez adquirida, mesmo que tardiamente, romperíamos a placenta, arranharíamos a parede interna do nosso genitor, sairíamos largueando a rachadura entre o seu ânus e o seu saco escrötal; Confundiríamos o seu falo rígido com o cordão umbilical; Cuspiríamos o resto de esperma que entrou por engano em nossas cavidades bucais; Deixaríamos um vácuo no seu ventre; Despencaríamos e descobriríamos a gravidade, berraríamos, nos afogaríamos no líquido amniótico de Don Silvério e logo em seguida nos alimentaríamos de suas tetas e as morderíamos quando o leite fosse escasso.

Sabíamos de antemão que o nosso genitor produziria nosso alimento parcamente, suas glândulas mamárias eram minúsculas e ineficientes, é como se estivéssemos debaixo de uma árvore frutífera que já não era capaz de dar frutos; Não desceríamos do pé; Arrancaríamos os frutos à força, mesmo que nos amarrassem a boca; Don Silvério era um pássaro doente que não podia sustentar o voo; Teríamos de pedir ajuda ao corpo minguado de Almå; Ainda que considerássemos suas engrenagens inoperantes; Fuçaríamos em seus parafusos até que se ajustassem aos nossos desejos; Não conhecíamos a dimensão da palavra NÃO; Almå conferiria o tamanho de nossas bocas e a circunferência dos nossos abdomens, apertaria nossas vísceras como numa espécie de rito pagão, murcharíamos a barriga para fingir uma fome que realmente nos assolava, enfiaria os dedos em nossas bocas para inspecionar a nossa falta de dentição, cutucaria com as unhas as nossas gengivas, reclamaria do preço exorbitante dos alimentos, não era possível ter bom leite comendo como uma miserável, se quisessem que Elå alimentasse um bando de crianças famintas teriam de pagar por isso, precisava abastecer as tetas largas, era justo que comesse mais do que os outros membros da casa, mais do que justo! Não era uma qualquer! Que os outros se alimentem da lavagem dos porcos! Eles bem que merecem! Eles não têm nada de especial. Ninguém passaria as tardes todas feito uma vaca leiteira, apenas Elå, da próxima vez exigiria porções extras de ração humana, depois lamberia os beiços retirando os vestígios da última refeição, bateria levemente em nossas costas para verificar se não havia nenhuma costela quebrada, não que se importasse com nossa condição física, examinava por pura curiosidade, talvez um resquício de instinto materno ou simplesmente porque desejava testar os seus conhecimentos sobre anatomia, se sentia superior porque sabia distinguir uma tíbia de um esterno; Sopraria dentro de nossas bocas para testar a capacidade pulmonar, inflaríamos como um balão doméstico, era estranho que coubesse um pulmão dentro de um tórax tão pequeno, mas cabia, mexeria nos braços e pernas para saber da nossa flexibilidade e capacidade articulatória, fuçaria no meio das nossas pernas para ter certeza sobre nosso sexo, continuaria com a cara estática como a de um funcionário ordinário que inspeciona matinalmente um maquinário ou um livro caixa, faria algumas estimativas e depois estenderia as tetas num gesto mecânico e quase desdenhoso, como quem indica a faca a um açougueiro; Não faria nenhum corte; Não retalharia nenhum osso; Não tiraria nenhum órgão; O corpo lhe parecia um objeto estranho, como um ouriço numa colônia de corais; Afagaria com nojo nossos rostos imberbes, não recordava da rota tortuosa do afeto; Nem se dava conta de que as mãos tinham uma função além do tapa; Calcularia a distância entre seus dedos e os nossos crânios, acharia graça, já tinha medido o diâmetro de outros crânios na época da adolescência, quando se apaixonara por um gótico e passavam as noites revirando tumbas, um crânio não a impressionava, mesmo um crânio minúsculo de bebê; A vida não a impressionava; Guardaria o seu tratado de traumatologia nos bolsos; Tiraria os óculos do rosto; Não gostava de óculos, considerava que lhe proporcionava um aspecto sisudo, o que na sua opinião, não correspondia à verdade; A leitura seria desnecessária; A invenção do livro foi um erro de percurso; Faria pequenos cálculos mentais; Chegaria a conclusão de que não compensava esmagar nossas nucas; Ganharia pouca coisa com isso; Não se daria ao trabalho; Desarmaria os punhos; Reservaria suas ideias homicidas para outras ocasiões; Ensaiaria um abraço que nunca vingaria; Dividiria a sua atenção entre os empregados, os cachorros e o pó dos móveis; Lamentaria que os cães soltassem tantos pelos pela casa; Se não precisasse de segurança já teria se livrado deles; Duvidava da afeição dos bichos domésticos; Se cães fossem confiáveis não precisariam de uma mandíbula cheia de dentes afiados; Olharia o rodo atrás da porta e praguejaria por ter de abandonar os seus afazeres, a casa estava uma bagunça; Não era justo perder tempo com uma maternidade que não desejou; Não era direito que a chupassem feito sanguessugas; Pensou na desvantagem de não ter nascido homem; Embora não conseguisse atinar com a ideia de mijar em pé; E nem de entrar em qualquer buraco que fosse convidada; Ainda com os olhos em riste, num movimento avaliado, ordenharia as próprias tetas, para que o leite jorrasse na medida exata de nossas fomes; Esperaríamos boquiabertas; Compararíamos as suas tetas gordas com os mamilos irrisórios de Don Silvério, depois compararíamos com nossas próprias tetas, ainda que nosso tórax apontasse apenas um rascunho vago; Veríamos pela primeira vez alguma utilidade em Almå; Ainda não entendíamos o significado da palavra MÃE; Inicialmente chuparíamos as suas mãos pouco solícitas, como uma forma de agradecimento mudo, depois apoiaríamos nossos troncos na altura do seu apêndice (que não servia para nada, apenas um capricho da natureza) em seguida, sugaríamos a sua seiva até nossos ventres incharem; Elå continuaria ordenhando e exibindo os seios fartos como uma puta; Fingiríamos inocência; Ficaríamos de barriga para baixo esperando o arroto; Teríamos o corpo suspenso como numa gangorra, as pernas e os braços pendurados, as mãos de Almå nos segurando pelo meio, revelando nossa fragilidade, bastaria um desequilíbrio e estaríamos mortas; A maternidade se mantinha numa gangorra descompensada; Almå nos sustentaria por alguns minutos com o seu afeto frouxo, de cadela que deu cria por um acaso ocioso; Execraria o dia em que fomos concebidas; Daria tapas nas nossas costas mais forte do que o necessário para um arroto; Apuraria os ouvidos para escutar o estampido; Depois do arroto a fome voltou a nos atormentar; Choramos perto da orelha esquerda de Almå; Ela taparia os ouvidos e amaldiçoaria as gerações precedentes porque a muniram com um par de seios; Serviam apenas como um estoque de alimento para bichos famintos; Não havia nada de vantajoso na amamentação; Os bicos dos seios ficavam rachados como terra seca; Almå compararia a sua pelagem com a nossa; Chegaria à conclusão de que as ninhadas não seguem nenhum tipo de padrão; Lamberia os próprios pelos; Em seguida, contaria todos os dedos dos nossos pés, queria conferir se tínhamos puxado seu tio-avô; Para a sua surpresa não tínhamos nada de especial, éramos tão comuns quanto um bando de carneiros; Posicionávamos as bocas embaixo dos seus peitos; Olhávamos receosas para as suas tetas, não queríamos ter o leite derramado; Almå devolvia os olhos, certa de que não duraríamos muitos verões; Elå que nos assustava com a sua boca grande e sua cara cor de ferrugem; Almå não se impressionava com a fragilidade dos bebês de colo, já tinha carregado dentro do ventre alguns natimortos; Almå não se impressionava com quase nada; Apesar das suas limitações, possuía dois seios suculentos, que pendiam do tórax-caule feito mamões maduros; Por alguns segundos, tapava os peitos com as mãos, num jogo perverso de esconde-esconde; Provavelmente esses mesmos seios mataram a fome de Don Silvério; Agora ele estava gordo como um bezerro recém desmamado; Ainda que o corpo de Almå se mostrasse uma fonte segura de alimento, sua cara continuava a nos paralisar; Dizem que a mãe é o rosto do mundo; Não duvidávamos; O mundo estava repleto de feridas purulentas e de escarras incuráveis; Don Silvério possuía apenas dois mamilos rosados e insignificantes, semelhantes aos mamilos dos recém-nascidos; Nesse aspecto ele não se parecia nem um pouco com os porcos; Nem com o rabo dos porcos; A figura do pai sempre fora irmã siamesa da falta; Diríamos até que o pai foi feito por engano, como um confeiteiro que ao preparar biscoitos percebe um resto de massa na borda da forma; No meio das pernas do pai havia um falo armado, pronto para atirar; Duro; Desviávamos da mira; Nossa irmã paralítica também se desviava, talvez com mais rigor, por ter de manobrar a cadeira de rodas; Não conhecíamos nosso pai, apesar de dormir com ele todas as noites; Não tínhamos vindo ao mundo para passar fome; Conservaríamos na dispensa uma reserva exorbitante de embutidos e enlatados; Criaríamos cabritos, porcos e galinhas para as épocas de vacas magras; Plantaríamos hortaliças e árvores frutíferas, talvez algumas rosas coloridas de enfeite; Nos entupiríamos de comida; Faríamos do nosso corpo um depósito; Não nos tornaríamos um bicho feio e minguado, já bastava o corpo precário de Almå, miúdo, com buracos no meio da carne e ossos expostos, seríamos grandes, nos afeiçoávamos à imagem dos hipopótamos; Cobriríamos nosso abdome com tecido adiposo, alargaríamos nossa circunferência, criaríamos culotes em volta da cintura, quando morrêssemos ninguém conseguiria sustentar as alças do caixão; não tínhamos certeza se queríamos ser enterradas; rasparíamos os nossos pelos, furaríamos as nossas orelhas em cinco pontos diferentes, penduraríamos argolas nas narinas, pintaríamos os beiços, taparíamos as nossas faces com blush de qualidade duvidosa, tingiríamos os cabelos com cores berrantes, colocaríamos arcos dourados na cabeça, aos olhos dos outros pareceríamos grandes e saudáveis; Aos nossos olhos seríamos gordas, insuficientes e ornamentadas como qualquer homem que pisou essa terra antes; Podíamos ser facilmente confundidas com um pinheiro natalino; O ornamento não nos traria felicidade, mas enganaria o tédio por alguns minutos; E por um quarto de hora acreditaríamos que os nossos nascimentos tinham um propósito; Se tivéssemos puxado Almå teríamos o corpo magro, os joelhos ossudos, os braços compridos, o rosto encovado e salpicado de sardas; O pior eram as sardas; As sardas lembravam uma doença contagiosa; Faríamos pouco peso na Terra; Não puxamos; Nossos rostos eram suculentos como maçãs bem enxertadas e disformes como a barriga de mulheres buchudas; Nossos rostos pareciam grávidos, não caberiam nos espelhos de bolso; Ignoraríamos; Não refletiremos sobre esse aspecto; Não havia necessidade de ficar olhando a própria fuça, não nos aliviaria da angústia, ainda abrigaríamos um abismo no lugar da cabeça, continuaríamos nosso choro convulsivo, além disso, não encontraríamos nada de novo; Um nariz, uma boca, dois olhös, uma verruga, um óculos se fossemos míopes; O rosto era uma das coisas mais antigas da face da Terra. Assim mesmo, continuava sendo uma das mais assustadoras; Veríamos apenas um retrato mal acabado dos nossos ancestrais; Não morríamos de amor pelos que vieram antes; Pior do que isso seria se deparar com a cara hipócrita de Don Silvério; Não tínhamos nascido para nos destacar entre os seres de nossa espécie; Fechamos os olhos e fizemos duas linhas grossas e pretas acima da linha dos cílios superiores; Não contentes riscamos também a parte de baixo dos olhos; Depois trançamos os cabelos com fitas coloridas; Éramos gordas e bonitas; Nascemos para sermos rasas feito uma poça d'água depois de uma chuva de inverno; Findaríamos lentamente, uma vela cansada ao pé de um defunto; Devagar aprenderíamos que não estávamos mais acopladas ao ventre materno (a longo prazo este fato nos traria alívio); Teríamos de dar conta do nosso desastre sozinhas; Subiríamos e desceríamos as escadas até termos as pernas fatigadas e incapazes de suportar o peso do corpo; Culparíamos a nossa genética duvidosa, jamais passaria pelas nossas cabeças que poderia ser o resultado de anos e anos de comida em excesso; Plantaríamos bananeira, em seguida, perceberíamos que era inútil ver o mundo de ponta cabeça; Além disso, nossa gordura só nos permitia malabarismos por tempo determinado; Almã passaria por nós e testaria o seu bafo perto de nossas cabeças invertidas; Voltaríamos à posição original; Nada de novo; Um quarto de hora; Os relógios se assemelhavam a pedaços de pizza suculentos ainda não devorados; Não havia solução, éramos tão infelizes quanto bezerros desmamados; Parecíamos primatas olhando o mundo através de um espelho convexo, outras vezes é como se víssemos o mundo por debaixo das pernas de um monstro; Não atravessaríamos as cercas, não estávamos treinando uma fuga, nos contentaríamos com um pasto de baixa qualidade; A fuga não estava em nossos planos; Nos afogaríamos numa baba de medo e insuficiência, como uma criança que tem a chupeta surrupiada ou a fimose rompida; Agora o útero materno não passava de uma casa de marimbondos; Ninguém seria louca o suficiente para voltar a uma casa infestada de vespas; Não perderíamos tempo retirando os ferrões; Nem recolheríamos os cadáveres dos insetos que não suportaram a escuridão do ventre; Ninguém seria louca o suficiente para se afastar tanto; Morrer também era uma forma de apaziguar a violência da vida; Não queríamos morrer; Da soleira da porta contabilizávamos os mortos das casas vizinhas; Todos os defuntos tinham a mesma cara e carregavam as mesmas sombras debaixo das pálpebras; Já não contariam os gatos nos telhados nem fariam mandingas; Engatinharíamos pelo chão com alguns meses de atraso, nossos primeiros dentes nasceriam no verão e não no inverno; Daríamos as primeiras mordidas; Nossa língua compreenderia as diferentes texturas de alimentos; Aprenderíamos que a boca seria nossa fonte de prazer primordial; Enfiaríamos o mundo goela abaixo; Regurgitaríamos; Engoliríamos de novo; Aos poucos entenderíamos que tínhamos uma espinha dorsal e precisávamos aprender a andar eretas, ainda que isso nos causasse certo desconforto e uma dor crônica no pé da coluna; Endireitaríamos; Não éramos qualquer espécie de mamíferos, mesmo que as tetas servissem para nos hipnotizar; Olhávamos no espelho e enxergávamos um ornitorrinco magro e triste; O homem habita o mundo há milhares de anos; Não sucumbiríamos no centésimo tombo, ainda assim não escaparíamos do espólio familiar e do afeto anêmico, as mãos que nos auxiliavam nos primeiros passos seriam as mesmas que nos estrangulariam anos depois; Nós mesmas, num gesto de apaziguamento, ofereceríamos a jugular; Os dentes que agora trituravam os alimentos em breve rasgariam a carne de seus semelhantes; Erroneamente nos apontavam como exemplo de um povo pouco hostil e de natureza dócil; Ninguém comentava sobre as tribos vizinhas que engolimos nos séculos precedentes; O ódio se esconde numa máscara de passividade e irreverência; Todos comem juntos pacificamente nas datas festivas; Não nos poupariam da herança genética ordinária nem nos tirariam do carnê dos endividados; Morreríamos tão endividadas quanto qualquer outro da nossa linhagem; Estar em dívida com alguma instituição fazia parte do contrato social; Ninguém da nossa árvore genealógica acumulou grandes fortunas; Muitos dos nossos enriqueceram ilicitamente com jogos de azar, no entanto, o dinheiro foi embora mais rápido do que chegou; Isso não nos assustava; Afinal, não se leva nada para o caixão; Todos foram devidamente enterrados com a roupa do corpo e alguns objetos de valor afetivo, nenhuma joia, somente bijuterias baratas; Um relógio mequetrefe de pulso, apenas para ser lembrado de que o tempo não para e leva todos os seres igualmente para a cova; Não choraríamos pelos mortos antigos nem abriríamos os seus túmulos para procurar riquezas; Toparíamos o dedo mindinho nas mesmas quinas dos nossos antepassados; Nos embrenharíamos pela vida com a mesma insensatez dos desarvorados e com a mesma inconsciência dos objetos pequenos; Ciscaríamos pelo chão feito galinhas entediadas; Daríamos graças a Deus por não sermos degoladas nas ceias de domingo; Cedo ou tarde seríamos esfoladas vivas; Não exigiríamos um tratamento especial, éramos tão ordinárias quanto qualquer outra criatura; Cairíamos do cavalo, levantaríamos e continuaríamos a cavalgada; Quase conformadas; Não emprestaríamos nossos corpos ao pouso distraído das moscas; O adiamento não nos livraria dos defeitos de fábrica, receberíamos a nossa carga de inadequação e desencaixe; Tínhamos nascido tão disfuncionais quanto parafusos espanados; Não nos prenderíamos a nada; O berço que nos embalava era o mesmo das gerações pregressas; Não era possível esperar muita coisa sabendo quem nos precedera; Logo perceberíamos que todos os muros eram cercas vivas; Nenhum homem nasce sem a permissão de uma mulher; E nenhuma mulher vive sem o consentimento de um homem; Almã sabia muito bem disso e fazia questão de nos lembrar; Feche as pernas e a humanidade será extinta; Muita tragédia teria sido evitada com um simples jogo de corpos; Finja-se de tonta; Não dê trela; Não caia na lábia desses macacos com cara de gente; Nenhum homem merece nossa confiança; Eles não fazem nada além de enferrujar nossas engrenagens; Somos flexíveis como as bonecas de borracha, eles não podem impedir nossa inteireza, ainda que nos desmontem, logo nos refazemos; Como disse antes, um homem é feito um relógio que atrasa, nunca está na hora certa e no lugar certo; Não se sacrifique por tão pouco, não vale a pena; Não confundam os ponteiros com falos; Os ponteiros estão empenhados em nos ludibriar; Não importa as coordenadas dadas, eles não estarão lá; Os homens também se assemelham a bichos de goiaba, vão comendo nossa carne por dentro; Enquanto falava dava uma mordida esganada na fruta; Era evidente que se divertia dilacerando a polpa; O suco escorria entre os seus dedos; Escorregava a língua arenosa; Não se sintam culpadas por enganá-los, na trapaça eles se mantêm constantemente a nossa frente; Não achem que o taxidermista tem apreço pelo animal que empalha; Eles estão preocupados em satisfazer os próprios umbigos; Os bichos só servem para enfeitar as prateleiras; Ele entende apenas de vísceras e peles; Ainda não entendíamos nada nem de homens nem de bichos e por isso não dávamos importância para a sua ladainha; Anos mais tarde entenderíamos na pele sobre o que Almå discursava; Os homens também nos partiriam ao meio sem dó nem piedade; Enquanto falava arrancávamos as cutículas com a ponta dos dentes caninos; Assim sentíamos que tirávamos algum proveito daquele discurso tedioso; Em poucos minutos nossas unhas ficaram em carne viva; Um filete de sangue escorreu pelo nosso punho; Almå limpou o canto do beiço com a manga da blusa e voltou ao silêncio costumeiro; A fruta ainda manchava os seus dedos do meio; Não tentou remover a mancha; Pensávamos, quem veio primeiro: a polpa ou o caroço? A pele; A pele é o maior órgão do corpo humano; Almã ficava melhor de boca fechada, contudo raramente era vista assim; Tagarelava; Os seus gestos soavam ensaiados, no entanto, sabíamos que era obra do acaso; Embora enchesse a boca para professar palavras sábias, durante a juventude parira mais do que cadela e não ousava cruzar as pernas quando Don Silvério ordenava que se deitasse; Não se dava ao respeito; Uma mulher servia a Don Silvério se fosse capaz de se manter encurvada ou na vertical, fora isso era um vaso quebrado, sem utilidade; Não servia para nada; Almã era uma funcionária obediente, nunca deixou de bater o ponto; Perto do patrão era impossível ver uma boca decorando seu rosto; Ainda assim salivava num desespero de cadela sem dono; Ele dava corda e ela caminhava em círculos como um relógio desgovernado; Sim, uma mulher também podia ser comparada com esses instrumentos assombrados; Uma mulher também girava e fazia malabarismos em torno do próprio eixo; Não nós, não bastava nos dar corda, éramos feitas de outra matéria, ninguém conseguiria mover nossos circuitos internos; Tínhamos travas que ninguém seria capaz de extrair; Nem mesmo Almã; Ela tinha dois braços, pareciam dois ponteiros estéreis ao lado do corpo, eles não serviram para embalar nenhuma de nós; Crescemos no desconsolo de um ninho amputado; Como uma planta que busca fincar raízes em solos arenosos; Nunca imaginávamos que casas e abrigos pertenciam ao mesmo falido campo semântico; Almå era um relógio que girava infinitamente ao redor do mesmo falo; Nunca sentimos sua língua limpando nossas feridas, embora com frequência tirássemos os seus ferrões de nossa pele; Nascemos órfãs de afeto; Não sabíamos distinguir um braço de um abraço; Não sabíamos a diferença entre o familiar e o obtuso, porém percebíamos aberturas de boca singulares ao pronunciar essas duas palavras; Não sucumbimos; Nem guardávamos rancor; O corpo é um campo vasto e cheio de enervações; Não conservávamos ódio; As mulheres têm vários buracos e podemos camuflar qualquer coisa dentro deles; Nada brotaria de dentro dos nossos ventres, somos tão inférteis quanto uma mula; Não cultivávamos mágoas; Nascemos e isso bastava para nos igualarmos a tantos e tantos outros que vieram antes e depois de nós; Não iríamos nos rastejar feito répteis ressentidos; Não faríamos preces nem ladainhas para obter afeição; Não taparíamos o sol com a peneira; Não tínhamos nascido órfãs; No entanto, não precisávamos do amor materno para reconhecermos nossa grandeza; Escorria pelos nossos troncos o sangue coalhado de Almå; Ainda que aleijada, o mesmo sangue coalhado escorria pelo tronco de nossa irmã caçula; E se um espectador atento nos olhasse identificaria meia dúzia de semelhanças irrelevantes; Não gostávamos de espelhos; Não choraríamos por tão pouco; Não podíamos fazer nada; Éramos frutos das noites mal dormidas de Almã; Fomos concebidas da sua submissão cega; Fomos geradas na sua cama de molas que cheirava a suor antigo; Os homens não prestavam, ela vivia repetindo, mas antes de conhecer Don Silvério sentou a buceta em todos eles, provavelmente para ter certeza de que a sua teoria estava correta; Não gostávamos de lembrar, por sorte a memória não é um aparelho confiável; Não a chamávamos de mãe; Não daríamos a ela esse gostinho; Não nos orgulhávamos; Não enchíamos a boca para pronunciar o seu nome; Não usaríamos batuque para acompanhar o seu antropônimo; As sílabas do seu nome soavam anêmicas aos nossos ouvidos; Al-ma. Al-ma. Não repetíamos com frequência o seu nome, tínhamos pavor do que o eco pudesse replicar; A maternidade não nos causava nenhum tipo de comoção ou expressão de alegria, talvez apenas nos despertasse pena; Não balançaríamos os braços como uma criança demente; Sim, as mães eram tão insignificantes quanto galinhas que não botavam ovos; A cada mês que passava as vértebras de Almã se comprimiam, em alguns anos teria a estatura de uma criança de cinco anos; Ao menos estaria mais condizente com a sua idade mental; Logo teríamos que ajudá-la a abrir a maçaneta do próprio quarto; Amassaríamos a comida e despejaríamos na sua boca desdentada; A velhice trazia uma vaga lembrança da juventude; Sua doença alongava nossa angústia, porque sabíamos que guardávamos dentro de nós os mesmos genes que a destruíam; Não havia dúvidas de que desenvolveríamos a mesma demência materna ao passar dos anos; Almã parecia ruir feito um móvel que nascera infestado de cupins; Não era possível impedir o estrago, nem mesmo amparar a queda; Era intrigante o fato dos cupins serem criaturas sociais, se dividirem em castas e formarem ninhos; Não se pode acabar com os cupins a não ser destruindo os móveis e não faríamos isso; Não entendíamos sobre carpintaria e desmontes; Não podíamos fazer nada, apenas observávamos o móvel se transformar pouco a pouco em pó; Ela se tornaria uma boca desnuda; Um corpo em desalinho, como um crochê que se desmancha quando se puxa a linha; Uma estátua feia decorando a casa; No entanto, não éramos a sua mãe tampouco éramos suas filhas; Não nos importávamos que seus ossos fossem enfraquecendo e quebrando pouco a pouco; Talvez até desejássemos isso; Não poderíamos proteger uma mulher que oferecia a carne de suas filhas no abatedouro; A mulher também é um animal rancoroso; Uma besta agonizante que sangra mês a mês; Uma mulher pode esmagar o seu inimigo como se esmaga uma barata; Não era correto nos exigir piedade, não sabíamos sobre a amplidão dessa palavra; Preferíamos as palavras derivadas da pedra; Almã era tão fraca que não poderia nos ensinar a odiar; Certamente nosso ódio era herança paterna; Don Silvério se orgulhava da própria maldade, a sua ruindade possuía duas pernas, podia caminhar sozinha e se disseminar às gerações seguintes; Ainda que a nossa repugnância se estendesse a ele também, tínhamos que agradecer por termos herdado do seu corpo a perversidade; Olhávamos com ironia para a cabeça de Almã embranquecendo rapidamente; A velhice tornava as fêmeas invisíveis; A velhice chegaria logo para aquela mulher e achávamos que era um castigo à altura da sua covardia; Finalmente seria tratada como uma saca de arroz bichada, ninguém comeria, ficaria meses jogada no mesmo canto; Não seria devorada nem mesmo pelos ratos famintos; Não moveríamos nenhum dedo para adiar a sua morte; Os relógios a observavam com seus ponteiros arreganhados, imitando uma cópula mórbida; Mortos não gemem; Os relógios não contariam mais os seus orgasmos escandalosos, Almã viraria um animal rastejante e silencioso; Mortos não gemem; Se camuflaria pela noite feito uma salamandra assustada; Não a salvaríamos do abandono; Ninguém tinha nos salvado, nos viramos sozinhas; Almã gania feito um cão desesperado; Deixaríamos que ela se definhasse aos poucos como qualquer criatura que pisa sobre esta terra; Não seríamos corroídas pela compaixão burra; Não deixaríamos de nos recordar dela ao alimentar os porcos; Eles precisavam estar gordos na hora do abate; Gostávamos dos porcos; Invariavelmente no final da tarde carregaríamos a lavagem até o chiqueiro, era uma tarefa dura, contudo, fazíamos sem reclamar; O trabalho de alimentar os porcos sempre foi nosso, mesmo quando mal carregávamos o peso da própria fralda; Almå nunca alimentou os porcos, esse era apenas um dos seus privilégios; Não nos importávamos, pelo contrário, nos dava certo prazer trilhar todas as tardes o mesmo trajeto; Apreciávamos o caminho, o odor de fezes aumentava à medida que nos aproximávamos; Quando nossos corpos se esbarravam nas bocas das leitoas nos sentíamos superiores a Almå; Ela tinha pavor de porcos, jamais visitava os chiqueiros, nem mesmo quando as porcas davam crias e jamais se sentava à mesa quando os porcos estavam sendo servidos; Considerávamos aquele gesto de uma incoerência incalculável, já que dormia acompanhada de Don Silvério todas as noites; Almå não era melhor do que ninguém; Talvez fosse até pior, porque fingia uma bondade inexistente; Não nos esforçaríamos para esconder os vestígios do tempo; Ninguém era poupado, Almå também não seria; Se pudéssemos encheríamos a casa com espelhos, assim ela não se esqueceria nenhum minuto de que estava feia e velha;

Finalmente não abriria mais as pernas e não brotaria mais nada do seu corpo; Respiraríamos aliviadas; Não seria mais uma fábrica de inutilidades nem geraria atrações para um circo de horrores; Não ousaria mais se multiplicar; Não produziria mais simulacros de homens; Seria tratada como uma vaca que já não é capaz de dar leite aos seus donos, já não faria jus ao seu metro quadrado de pastagem; Não nos assustaríamos mais por encontrarmos seres com nossas caras estampadas sugando os seios de Don Silvério; O leite das tetas de Don Silvério também secaria; Ele não alimentaria mais nenhuma ninhada; Seus mamilos deixariam de ser pontiagudos; Don Silvério se tornaria tão ordinário quanto todos os outros; Um homem com o tórax peludo e a barriga inchada; Ele se tornaria tão estéril quanto um solo contaminado; Não sofreria mais no puerpério, o sangue voltaria a escorrer no meio de suas pernas, beirando o ânus; Cagaria em paz; Não teria mais vontades inusitadas, seria invadido pelas necessidades comuns; Arrotaria depois do jantar; Seria tão ridículo quanto os operários que voltavam fatigados do chão das fábricas; De repente voltaria a atenção ao próprio falo; Manipularia o seu membro como se pudesse tirar dele o seu sustento; Não estaria mais dominado pela instabilidade hormonal; Não reclamaria mais de dor lombar devido às tetas pesadas; Ele seria mais um homem sem utilidade aparente; Vagaria de um corredor a outro; Se contentaria em fazer pequenos reparos domésticos, por sorte, tínhamos um disjuntor que vivia desarmando, bastava acionar dois aparelhos elétricos ao mesmo tempo; Cavoucaria a terra, se distrairia com a jardinagem e com a exuberância das suculentas; Ficaria horas decorando os nomes científicos dos insetos, embora jamais pudesse compartilhar essas extravagâncias com outros animais da sua espécie; Depois talvez se tornasse um colecionador aficionado por selos estrangeiros, embora não conhecesse um palmo além do seu nariz; O homem era a única espécie preocupada em reunir futilidades; Em menos de uma década a carcaça de Almå seria usada como esterco; Cuspiríamos na sua cara. Depois plantaríamos um jardim mirrado em cima do seu corpo; Lembraríamos com desprezo das tardes em que compartilhamos o mesmo sol sobre as cabeças; Don Silvério a desprezaria da mesma forma que desprezava os relógios que tinham o sistema de cordas danificado; Aprendera que um objeto quebrado jamais voltava a sua funcionalidade original; Um relógio parado servia para confundir o juízo e para dar razão aos vagabundos; Não era possível decorar a geometria das horas quando os relógios se mantinham saudáveis, porque os ponteiros se movimentavam rapidamente e não paravam nunca; No entanto, Almå agora era um relógio morto; Não adiantava mais dar corda; Sim, um cadáver com engrenagens; Ele não bateria mais na porta do quarto de Almã, a sua porta seria tão inócua quanto um escorpião encalacrado; Nós sufocaríamos o riso; Quem ri por último ri melhor; Já tínhamos chorado em silêncio por muitas noites enquanto imaginávamos Don Silvério empalando Almã; Agora ela não passava de um relógio sem corda; Um relógio parado era como um bicho esquartejado; Ninguém abaixaria para pegá-lo; O corpo continuaria estatelado no chão; Almã dormiria em paz; Não escutaríamos mais as suas ruminações e gemidos abafados pelas frestas das portas nem a veríamos de quatro pelos buracos das fechaduras nem veríamos os seus espartilhos pendurados no varal; Ninguém mais se daria ao trabalho de inspecionar a fecundidade dos seus buracos; Rapidamente esqueceria o som rude dos badalos; A ancestralidade nos custava o olho da cara; Não sabíamos sobre os códigos de linguagem nem sobre as normas de escrita; Engatinhávamos na ignorância; Nossa herança genética era desconhecida, olhávamos para as pernas da nossa irmã inválida e nos perguntávamos de quem ela herdou o infortúnio; Pouco sabíamos da nossa linhagem materna; Assim mesmo não fazíamos planos para eliminá-la da face da terra; Talvez em alguns momentos essa ideia tenha vagamente passado por nossas cabeças; No entanto, não acreditávamos que o matricídio mudaria a ordem certa das coisas; Além disso, Almã se assemelhava a um inseto desprezível, não precisávamos nos dar ao trabalho de esmagá-la, o melhor era guardar forças para a luta com Don Silvério; Enquanto isso deixaríamos ela lá, no meio da sala, com o ventre para cima e debatendo as pernas; Ela não era um inseto peçonhento, apesar do seu aspecto repugnante; Era incrível como os seres conseguiam mimetizar a natureza e se camuflar dentro dela; Continuaríamos por anos ruminando nossa origem ambígua; Continuaríamos regando as plantas venenosas que ela plantou; Embalaríamos nos braços a nossa irmã inválida e inconscientemente nos consideraríamos mais funcionais do que ela, como se a serventia pudesse nos salvar do inferno cotidiano; Inventávamos desculpas para não enlouquecer; Continuaríamos envelhecendo e encontrando em nossos rostos as mesmas rugas que um dia estavam plantadas na face da nossa mãe de faz-de-conta; O sangue ralo de Almã continuaria correndo por nossas veias; Nenhum tipo de transfusão mudaria isso; Continuaríamos parecidas com bestas anêmicas; Não podíamos fazer nada a respeito; Também era inútil lamentar a nossa sorte; Não competia a nós ralhar com um Deus fictício; Toda vez que nos cortássemos escutaríamos a voz fanhosa de Almã; *Não se encontra salvação a não ser pelo Pai.* PAI???? Essa palavra soava como um facão de corte duvidoso; Não esperaríamos o talho; Não dormiríamos antes da sutura; Não confiávamos em nenhum tipo de paternidade, nem mesmo a mística; Não perderíamos nosso tempo utilizando discursos filosóficos para explicar em exaustão sobre a função paterna; Não podíamos pagar pelo erro do nosso genitor; Qualquer um que viu um pai de perto é capaz de entender sobre o que estamos falando; Almå, seu nome ainda ecoava atravessado em nossos ouvidos; Não éramos surdas; Quem sabe a cera distorcia os sons; Enfiamos os dedos mindinhos no fundo das orelhas, retiramos um sebo pegajoso e escuro; Colocamos os dedos nas narinas, a cera fedia azedume; Limpamos os dedos na barra da saia; Almå, o som continuava cavernoso; Assoamos os narizes; Nada mudou; O som se propagava de forma arenosa; Al-må; Ainda que se chamasse Joaquina não aliviaria nosso martírio; Ter nascido era um acaso danoso; Não podíamos ser punidas porque despencamos da sua buceta; Não fomos planejadas por meses antes de sermos concebidas; Acontecemos, assim como acontece de nascerem fungos nos troncos úmidos das árvores mortas ou cogumelos alucinógenos na bosta das vacas depois da chuva; Não recordávamos do tempo que nossas genitálias se cobriam de um líquido gosmento e aguardavam inertes a desgraça dentro do ventre de outra fêmea; Outra mulher não seria capaz de nos proteger; Os homens se sentem superiores porque têm uma espécie de apêndice no meio das pernas; A fúria do homem é desmedida; Protegeríamos nossos rostos com as mãos em punho; A submissão era passada de mãe para filha há séculos, não podíamos fazer nada; Aprendíamos o nosso papel de inutilidade manipulando as bonecas de pano; Éramos um buraco dentro de outro buraco, como um jogo macabro que teve as peças destruídas, um corpo dentro de outro corpo, ainda assim a carne nos parecia um espaço infamiliar, fantasmagórico; Uma casa vazia, uma cidade inabitável, um manicômio, um labirinto; Se soprássemos com força nossos corpos desapareceriam; Uma mosca não poderia ser confundida com uma orquídea, ainda que se escondesse entre as suas folhagens; Nos sentíamos tão subterrâneas quanto os esgotos que passavam por debaixo dos nossos pés; O inferno nos rondava desde a semeadura; O homem só vira homem quando se alarma em frente a um espelho; Nossas raízes eram movediças; Se parássemos de respirar viraríamos um berço de larvas; No entanto, ainda respirávamos; Com dificuldade; Coçávamos as cabeças e sentíamos os piolhos abrindo atalhos em nossos crânios; Tínhamos medo de ficarmos sozinhas dentro da gente; As moscas maiores nos monitoravam; Poderíamos facilmente sermos devoradas pelos nossos demônios; Os peixes maiores comiam os menores; Não tínhamos preço, mas nos vendiam como carne de segunda; Os muros da nossa infância eram cobertos de cacos de vidro; Não podíamos sequer fugir, estávamos cercadas por todos os lados; Éramos como uma árvore que trazia o veneno no lugar da seiva; Cedo ou tarde seríamos arrancadas; Ainda que nos esquivássemos jamais saberíamos o que é diáspora, não era possível fugir da carne que nos limitava; Ainda que corrêssemos, não podíamos deixar para trás essa carga de ossos, músculos e tendões; Não sabíamos sobre a dimensão de termos sido concebidas sem um falo; Acreditávamos no nosso assoalho pélvico; Confiávamos na nossa frágil musculatura e no nosso instinto de matilha; Não invejávamos o falo de Don Silvério, pelo contrário, se pudéssemos arrancaríamos ele com os dentes, embora nos causasse ânsia imaginar seu pau dentro de nossas bocas; A genitália de Don Silvério nos soava como um sino do desassossego; Almã passava semanas de cabeça abaixada depois de sair do quarto do patrão; Achávamos pouco; Ninguém mandava ela tocar o badalo; Se ficasse sossegada no seu canto não passaria por nada disso; Bem feito! Tomara que sofra feito uma condenada; Sentava no sofá e ficava horas bordando os panos de prato; Um ovo não cai sozinho do ninho; Não alimentaríamos os pássaros à toa; Nem os recolheríamos e colocaríamos de volta ao ninho, deixaríamos que morressem tentando alçar voo; Abaixava os olhos; Não conseguia nos encarar, envergonhada por sua fraqueza, sabia o que pensávamos; Embora não pronunciássemos uma sílaba sequer, o infortúnio, por vezes, não é ruidoso, ele se assemelha a aranhas silenciosas arquitetando a teia da presa;

Na cópula o macho morre; Infelizmente, não fazíamos parte da família dos aracnídeos; Se Almå fosse uma mosca a conduziríamos em direção ao matadouro; Não tentaríamos salvá-la da armadilha ou da destruição certa; Não éramos boas o suficiente; Apesar disso, massageávamos com devoção a perna morta da nossa irmã mais nova; Ela dava pequenos suspiros de alívio, como se pudesse ver um pedaço do próprio corpo através de nossas mãos; Ela não tinha culpa de ter nascido defeituosa, nem de carregar um fantasma nos quadris, se fosse em outros tempos não passaria dos primeiros anos; Provavelmente seria jogada de um penhasco pela sua genitora; Não nos incomodava que ela não tivesse vindo por inteira, havia certo mistério na sua falta; Se fosse completa, sentiríamos falta da falta; Não era grande sacrifício ajudar alguém da nossa linhagem e que estava em evidente desvantagem; Nos trancávamos no quarto e olhávamos a incubadora feita a partir de um aquário velho; Às vezes, ficávamos uma tarde toda olhando para aquela criatura bizarra, de certa forma, ela nos lembrava a nossa irmã inválida; Depois, esquecíamos; Não éramos perversas; Escondíamos atrás de nossas mãos facas afiadas, ainda que, jamais as empunhássemos; Matávamos na unha; Preparávamos a banheira para que Almå se lavasse, era preciso expurgar a matéria que há pouco tinha sido sacrificada; Sabíamos que a sua dor não era fingimento; Conhecíamos a maldade do homem; Ainda que fôssemos novas demais para deitarmos com um deles; Esquentávamos a água e colocávamos uma xícara de chá em suas mãos; Mata leão; Depois esquentávamos outro tanto de água para que pudesse fazer o banho de assento, colocávamos na bacia um punhado de camomila, tomilho e alecrim; Almã gaguejava, logo minha irmã, a tia de vocês estará por aqui, logo não precisarão mais se preocupar comigo, não quero ser um estorvo para ninguém! Vocês vão adorar sua tia, ela é tão divertida! Ela sabe tantas e tantas histórias... Ela já visitou o mundo inteiro, parece que tem vários personagens escondidos no bolso, nunca conta uma história repetida! Embora pouco acreditasse nessa possibilidade, balbuciava em tom de lamento, adivinhando o nosso desamor e nossa devoção forçada pelos traços da maternidade; Sim, ela era nosso estorvo e provavelmente permaneceria assim por muitos anos; Não lamentaríamos nosso destino, ele era parecido com o do resto da humanidade; Tínhamos dificuldade em imaginar que porcos-espinhos também pariam e também experimentavam o sentimento vago da maternidade; Não sabíamos o que era isso; Debaixo das nossas unhas ainda podíamos sentir um resquício do útero de Almã; Embora nos incomodasse um pouco, não tentávamos remover; Ninguém entra na vida sem avistar ao longe a própria mortalha; Não nutríamos nenhuma espécie de amor por Almã, talvez certa cumplicidade porque em determinado espaço-tempo moramos no mesmo corpo-caixão; Contudo, o corpo sempre se mostrou um lugar incômodo, infamiliar, como uma roupa extremamente apertada, que não se ajusta à carne, como se debaixo da pele existisse outra pele e debaixo dessa outra pele existisse ainda outra pele e debaixo desta se escondesse uma pústula invisível e incurável; Éramos a escória do mundo; Nossos corpos terminavam em uma viela sem saída; Por isso, não nos admirávamos quando os loucos eram povoados por colônias inteiras de sarna; De certa forma a coceira servia como uma ponte para a realidade; A sarna distraía os loucos dos pensamentos intrusivos; Não tínhamos pedido para nascer, acho que ninguém nunca pediu; Nenhuma mulher pare impunemente; Ela seria acusada até o seu corpo virar um cadáver inofensivo; A mãe foi inventada para que se possa encontrar facilmente um culpado; Aprendemos a não chutar cachorro morto; Ter sido filha nos empurrava para o desejo desastroso de jamais sermos mães, não queríamos gerar um ser dentro de nossos corpos; Não nos alargaríamos em prol de outra criatura; Pouco acreditávamos na evolução da humanidade; Não queríamos ver nossas barrigas se encherem de estranhezas, um ser bizarro com traços compatíveis com a nossa cara; Mal reconhecíamos a legitimidade dos nossos traços; Além disso, nos causava arrepios imaginar um homem crescendo em nossos ventres, não podíamos carregar a maldade por nove meses dentro dos nossos corpos; Não queríamos acumular o corpo de leite e estender os seios para outra criatura sugar, não tínhamos nascido defeituosas e covardes como nossa mãe postiça; Não queríamos ver a queda do primeiro dente; O homem é um animal que se arma desde a tenra infância; Almã teria de alimentar com as próprias tetas o nosso desafeto; Sugaríamos os seus seios fartos e cuspiríamos em seguida; Ingratas como toda prole; E ela ainda teria de ser amável; Não era permitido à maternidade odiar as próprias crias; Nos amaria incondicionalmente, como uma cobra que fecunda e alimenta o ovo dentro da própria barriga; O ovo da serpente; Infelizmente, não poderia dispensar nossa falsa afeição, éramos sua única rede de apoio, a irmã era só uma lembrança fantasiosa; Provavelmente nunca pisaria o pé nesse fim de mundo; Nós também não pisaríamos se nos tivessem dado essa opção; Ainda que contrariadas, encenávamos nosso papel com certos formalismos; Banhávamos o seu corpo à procura de hematomas, no entanto, as suas fraturas não podiam ser vistas ou tocadas; Quando o demônio não pode tocar o corpo de uma mulher ele chama um homem para fazer o seu papel; Don Silvério fazia esse papel de forma exemplar; Fazíamos o sinal da cruz, entrávamos taciturnas no quarto, trocávamos os lençóis encharcados de suor e gozo; O colchão ainda estava deformado pelo peso do corpo gordo de Don Silvério; Sentíamos pena; A anca de uma mulher suporta toneladas; Olhávamos Almå de canto de olho; Fazíamos o sinal da cruz de novo; Dávamos graças a Deus por não precisarmos participar da orgia; Assim mesmo respeitávamos o seu luto; Um homem traz um cemitério inteiro dentro do corpo; Se fôssemos pacientes exumaríamos de dentro dos homens um povoado inteiro; Se olhássemos com atenção enxergaríamos as sombras dos defuntos; Almå suspirava, como quem toma o último folego antes da unção dos enfermos; Não morreria; Não era fácil ser engolida e regurgitada; Não duvidávamos do sofrimento imensurável de Almå; No fundo sabíamos que estávamos condenadas ao mesmo martírio; Uma mulher nasce já sabendo dar nó cego; Quando ela se encurvava conseguíamos contar todas as suas vértebras, ainda que não houvesse sinais de hérnias ou abaulamentos, apesar da idade; Se olhássemos de longe pareceria uma jiboia se encolhendo em torno do próprio centro; Sim, uma jiboia, uma cobra sem veneno; Essa era a espécie de cobra que mais nos agradava, não usava de nenhum artifício, apenas de força física; Bastava um apertão e os ossos eram moídos; Era impossível não morrer um pouco ao dividir o leito com um homem; Fazíamos novamente o sinal da cruz; Dormir com um homem era como colocar as mãos numa casa de marimbondos e esperar até que elas dobrassem de tamanho; Ainda assim não retiraríamos as mãos, estávamos predestinadas; Não lamentaríamos a nossa sorte nem choraríamos pelas coisas inevitáveis; Deitaríamos e cobriríamos o ventre com o resto do corpo que nos restava; Ficávamos semanas velando um corpo invisível; Enxergávamos apenas o azulado das vísceras de Almã; Tínhamos pena porque sabíamos que um dia nossos corpos também seriam velados; Ninguém era capaz de fugir da desgraça da cópula; Nem mesmo nós; Aos poucos prepararíamos o ninho; Teceríamos uma teia sobre o abismo; Iríamos nos despir calmamente, tiraríamos a calcinha do rego e depois a desceríamos entre as tíbias, deixaríamos os seios gordos despencados à altura da boca do inimigo; Esperaríamos a mandíbula do animal escancarar e depois a mordida; Nossas tetas desapareceriam por alguns minutos, abocanhadas pelo monstro, depois reapareceriam como num passe de mágica; Já não seríamos as mesmas; Abriríamos as pernas, afastaríamos os lábios menores com as mãos, certas do desterro; Já podíamos sentir o cheiro da vela queimando na cabeceira do caixão; Podíamos sentir o cheiro das flores tapando nossas narinas; Também pereceríamos noites a fio; Rezaríamos descrentes da salvação; Tomaríamos as madrugadas como companheiras de exílio; Fecharíamos os olhos para não ver a luz entrar pelas frestas das venezianas; Qualquer luz nos faria lembrar que não havia escapatória; Um dia encapsularia outro dia que encapsularia outro dia que encapsularia outro dia como uma escada em espiral sem fim; Sentaríamos no último degrau; Contaríamos as rachaduras nas paredes; Depois sentiríamos as estrias em baixo relevo; Nos afligiríamos com o canto precoce dos galos; Lembraríamos que as galinhas fogem dos galinheiros pela manhã; Observaríamos como as aranhas tecem suas teias antes de acasalar com os machos; Assim como outras mulheres, também teríamos os nossos rabos untados e afastados para sermos penetradas; Também agonizaríamos afogadas no próprio desespero; Ao lado da cama, cavaríamos a nossa cova; Inevitavelmente deitaremos ao lado de um homem; Mesmo compreendendo que nenhum homem poderá nos trazer felicidade; Fatalmente deitaremos ao lado de um homem; Mesmo tendo consciência de que teremos os órgãos remexidos e a pele esfolada; Inutilmente deitaremos ao lado de um homem; Comeremos disfarçadamente as unhas, deixando o esmalte lascado à mostra; Deglutiremos devagar as nossas falas, esconderemos nossas línguas, sufocaremos o nosso riso; Engoliremos o choro; Quebraremos nossos ossos; Nos entregaremos ao avesso e à revelia; Uma carta endereçada a um remetente inexistente; Em alguns momentos abriremos as pernas e deixaremos nossas genitálias à vista, expostas como uma flor pendida do caule e prestes a ser arrancada; Nenhum jardim vive ileso; As minhocas saltarão da terra; Alinharemos a coluna e esticaremos nossos joelhos, ficaremos imóveis como defuntos comportados; E como defuntos seremos devoradas; Necrofilia; Também seremos esvaziadas; Depois preenchidas, depois esvaziadas, depois preenchidas, depois esvaziadas novamente, de novo e de novo, como um disco arranhado que não consegue sair da mesma faixa sonora; Cairemos em desalinho; Em vão deitaremos ao lado de um homem; Desataremos nossos pés e nossas mãos; Faremos círculos imaginários com os dedos ao redor do umbigo; Trucidaremos nossas esperanças; Pousaremos os ouvidos nas paredes tortas; Descobriremos a respeito do deserto florido na Costa do Atacama; Escutaremos histórias aterrorizantes; Saberemos sobre a genealogia dos monstros; Contaremos nos dedos os seus últimos homicídios; Não cochilaremos; Ficaremos em vigília feito macacos enjaulados; Morreremos e ressuscitaremos; Das cobras venenosas só sobrarão os chocalhos.

Caladas, esperávamos a estiada.

Capítulo 4

Carta ao pai

Pai era manco. Não das pernas. Da cabeça. Não o conheci.
ELE estava lá o tempo todo, mas nunca esteve presente.
Meu Pai era um corpo mumificado.

Caro Don Silvério,

$Ph_2tér$. Pater. Pare. Père. Pai. Patrem. Pátria. Patrão. Padre. Padrinho. Genitor. Professor. Verdugo. Lei. Cicatriz. Todos esses vocábulos têm a mesma raiz etimológica, no entanto, nenhuma dessas designações explica a sua monstruosidade e seu fascínio pelos relógios de corda. Costumava ficar dias e noites montando e desmontando esses objetos misteriosos, talvez procurando alguma explicação mágica entre as porcas e os parafusos. Nunca encon-

trou uma resposta satisfatória. Nem poderia encontrar. Nenhum instrumento pode ser cúmplice do seu embuste. Os objetos não fazem parte do seu desajuste. Por mais que fuçasse dentro deles, eles continuavam girando lerdamente e faziam infinitamente o mesmo percurso mórbido. Além disso, o senhor não pode parar o tempo nem fingir que um círculo contínuo em volta de si mesmo seja capaz de mudar a trajetória do seu desafeto. O senhor continuaria feio e bronco. O seu fel continuaria escorrendo da boca em direção à jugular. Não pode fingir que um maquinário simples seja capaz de absolver os seus piores crimes. Não é menos monstruoso porque quando nasceu uma corda te amarrava a um umbigo feminino. Ninguém te garante que a mulher seja cria do sagrado. Às vezes, a mulher é apenas um demônio de saia. Nenhum buraco pode restituir a sua falta. Três palmadas na bunda não te acordariam desse sono profundo. Catalepsia. Viveria inquieto como um preso prestes a ser enforcado. Observaria em vão o seu carrasco. Passaria a vida num corredor estreito e escuro. Procuraria uma saída, contudo, todas as portas te levariam de volta à entrada. A maternidade não te livraria do desamparo. Ainda que chorasse não se livraria da desgraça, a desventura andava atrás do seu corpo, como um apêndice extenso e incomodo. O senhor continuaria como um tatu bola se enrolando à procura do próprio ventre. Não encontraria nada. A Mãe que te pariu já não respira entre os encarnados, é só uma assombração fantasiada de memória. Se estivesse entre nós provavelmente te negaria. Massagearia a sua barriga para amenizar uma dor incurável. Colocaria o peito na sua boca apenas pelo prazer de tirá-lo em seguida, assim teria consciência da dor dilacerante da falta. Você estava vivo. Não havia cura para isso. Bateria com força nas suas costas esperando um arroto que nunca chegaria. Ficaria a vida toda com esse arroto entalado atravessando a traqueia como uma espinha de peixe. Depois enfiaria alimentos sólidos goela abaixo, mas aquele arroto inaugural continuaria ali, incompleto, manco, inacabado. Não vemos um seio fazendo sombra no seu rosto magro. Ainda duvidamos que tenha conhecido o afeto de um seio materno. Nenhum leite escorre nos cantos inférteis da sua boca. O peito que te alimentou já está há muito tempo empedrado. Não vemos a marca de nenhuma mão nas suas costas, o que indica que foi criado como um bicho do mato. O Senhor terminará como o mais miserável dos homens, um fantasma cansado, sem corpo e desmemoriado. Um lunático mastigando as beiradas do absurdo. Quem não se lembra se confunde com um homem morto. O Senhor era um defunto ruidoso. Um fantasma inscrito na carne invisível do abandono. Não te reservaremos uma data imaculada como fazemos aos santos, será esquecido como o mais comum dos mortais. Não retiraremos as cutículas das suas unhas, que elas apodreçam junto ao seu cadáver. Não teceremos a sua mortalha nem taparemos com algodão as suas narinas. Não impediremos que o ar entre e procure abrigo nos seus pulmões secos. Deixaremos que o ar invada inutilmente o seu corpo sepultado. Não manipularemos o seu pau para que verta o resto dos espermas, que morra junto com o Senhor. Também morremos com o Senhor por anos a fio. Não exumaremos o seu corpo. Não transformaremos o seu quarto em patíbulo para degolar seus inimigos, deixaremos que eles se vão. Não ofereceremos a sua cabeça em uma bandeja, no entanto, não impediremos que seja arrancada. Não espere que possamos fingir um afeto que nunca nos foi dado. Não possuímos a devoção dos seus cavalos domésticos. Um animal enjaulado não aprende o caminho de casa. Não salvaremos os figos da fome dos pássaros. Não recolheremos as roupas que estão no varal. Deixe que esturriquem no sol. Talvez sirvam de abrigo aos pardais fatigados. Não idolatraremos o seu retrato no álbum dos vivos. Mais fácil seria rasgar as fotografias. Não tínhamos necessidade de guardar o passado num pedaço de papel colorido, como se fosse um quebra-cabeça de infelicidades. Também não aprenderemos técnicas refinadas de taxidermia para vê-lo empalhado em cima da mesa de mogno. Na verdade, não conhecemos as propriedades das madeiras nobres nem sabemos lidar com os objetos que duram para sempre. O senhor não durará para sempre. Essa é a nossa única felicidade. O senhor não durará para sempre. Essa é a nossa única felicidade. Recordamos dos porcos que alimentamos para o abate. Os porcos não durarão para sempre. Essa é a nossa felicidade. Sim, nós o chamaremos pelo seu nome, ainda que ele soe anêmico aos nossos ouvidos, ainda que ele reverbere como um violino desafinado ou um batuque de uma nota só, ainda que ele carregue uma infinidade de outros nomes, não temos motivos para supor nem para desejar um parentesco íntimo. Conhecer a fundo nossa árvore genealógica não diluiria nosso ódio. Nem nos salvaria do fracasso. Não adularemos as vespas para evitarmos os seus ferrões. Um prego enferrujado continua estranhamente sustentando uma das paredes da casa. Poderíamos usar o seu corpo como uma pilastra. Sabemos que o Senhor espera que seguremos a construção com nossos músculos pouco desenvolvidos, no entanto, não faremos isso, não levantaremos um dedo para evitar a queda. O Senhor nos incomoda como um osso atravessando a carne de um animal invertebrado. Não veremos o sol manchar a cortina e desbotar sua cor. Não receberemos os seus bastardos na porta. Não queremos ver a ruína através de outras faces. Já nos basta a desgraça que instaurou em nosso próprio umbigo. Não esperaremos as fezes entupirem os canos. Não esperaremos a trinca se alargar e a casa ruir, sairemos muito antes. Quando for trocar o urinol perceberá que a casa ressoa como um quarto grande e vazio. Um corpo sem articulações. Silencioso como o túmulo de um filho que nunca vingou. Não precisará mais se incomodar com os sapatos espalhados pela casa nem com a falta de cabides. O senhor terá um espaço maior no guarda-roupa. A água da moringa continuará sempre fria e cheia. O tapete da soleira estará impecavelmente limpo. As roupas ficarão dentro dos armários e o Senhor terá as marionetes como companhia. Teremos o cuidado de colocar as naftalinas em meio às roupas. Esvaziaremos os cabideiros. As coisas permanecerão ordenadas como se estivesse numa casa de defuntos. Silenciosas e sussurrantes como numa casa de defuntos. Deixaremos o quarto antes de amanhecer e seremos tão discretas que não desviaremos o trajeto das formigas em direção ao seu corpo quase morto. Não se preocupe com o barulho, sairemos sorrateiramente. Não soletraremos os nossos desafetos em seu ouvido tísico. Não levaremos seus cavalos nem roubaremos os mantimentos das despensas. Não temos fome. Nossos estômagos ainda digerem a última refeição. Não levaremos nada. Não queremos nada. Não trocaremos os móveis de lugar nem encharcaremos as camas com o suor das noites mal dormidas. Não desinfetaremos os lençóis, deixaremos que a sarna continue viva e procure o teu corpo como abrigo.

Que ela te engula aos poucos. Não defumaremos mais a casa para impedir a infestação de insetos, eles entrarão livremente. Ficaremos por noites e noites em vigília ao pé do seu leito, rezando para que nunca mais acorde. Não levaremos os fotolivros de infância. Não queremos nenhuma recordação desse laço lamentável. Não lustraremos mais os móveis, eles se perderão em meio a poeira. Não atenderemos mais a porta nem dispensaremos com pesar o vendedor de livros. Histórias nunca encheram barriga. Não ferveremos mais o leite ao amanhecer. Estamos em época de vacas magras. Não andaremos sobre os pastos para inspecionar o seu declínio. Tampouco consolaremos os cavalos moribundos. Esperaremos os trotes se extinguirem antes do pôr do sol. Que morram todos! A terra não nos pertence, a terra é do Senhor, pode fazer dela o que o Senhor bem entender. Não nos importamos, não temos nenhuma boca para alimentar. Somos tão inférteis quanto as mulas. Não perderemos nossos dedos desatando os nós, jogaremos as cordas fora. O nosso corpo pode sobreviver na miséria, a mulher já nasce com uma falta irremediável. Deixaremos que os nossos buracos se alarguem mais e mais, até que nos tornemos completas ausências. Nunca mais acertará o alvo. Por sorte crescemos desprovidas de falo e não experimentaremos o fracasso da paternidade. Não queríamos estar na sua pele. Lobo em pele de cordeiro. Não adianta fingir, nos reunirmos em volta da mesa de jantar não nos garantirá felicidade familiar. Não perderemos nossa saúde decorando a cozinha ou limpando o porta-retratos do aparador. Apesar de compartilharmos os mesmos talheres jamais entenderá as palavras que saem de nossas bocas. Não perca o seu tempo, não alimente os cães, a raiva canina não nos manterá presa ao seu território. Não vasculharemos a casa para encontrarmos o seu nome num guia de insetos. Provavelmente não o reconheceríamos. Também não inclinaríamos o tronco ao encontrarmos a imagem de um louva-a-deus. Senhor. Senhor era uma insígnia que te explicava melhor. Senhor te dava uma audácia de patrão sem escrúpulos. Latifundiário também poderia ser o seu novo nome, afinal, o Senhor não tinha filhas, tinha posses, éramos um pedaço de terra não produtiva, uma terra que só servia para multiplicar as ervas daninhas. Para o seu desgosto nunca produzimos nada, nem mesmo grãos de milho que costumam nascer em qualquer solo ordinário. Se fôssemos debulhadas não renderíamos uma saca sequer. Se fôssemos uma casa seríamos uma construção com trincas irreparáveis, prestes a desmoronar. Não nos angustiávamos com isso, pelo contrário, nos dava certo alívio não participar da utilidade indecorosa do mundo. Não éramos coisa alguma, nem mesmo um objeto barato de decoração. Não víamos vantagem em nossos afetos serem trocados por moedas de ouro. Sim, não convínhamos para nada. Não estávamos expostas na prateleira da serventia. Éramos como um livro grosso na cabeceira de um analfabeto. Uma piscina desativada infestada de plantas rasteiras. Não, você nunca foi nosso Pai. Embora vivesse se gabando da própria virilidade. Se eu cravar o mastro, faço filho! O Senhor vivia repetindo essa falácia. Como se multiplicar seres ordinários fosse algo inovador. Não era. Não fazíamos questão de desmenti-lo. Não perderíamos tempo proferindo palavras a um ouvido surdo. O Senhor não tinha o costume de dar ouvidos aos seus subalternos. O Senhor se comparava a um touro reprodutor, no entanto, não passava de um cão vagabundo que produzia ninhadas com cadelas diferentes. O Senhor nunca foi o nosso Pai. Também nunca foi o nosso gerador. Ter nos alimentado com suas tetas insuficientes não te exime do horror que nos imputou. Quando olhamos no espelho ainda enxergamos a sua cara maldita, ainda que não exista nenhum traço de semelhança. Não nos parecemos com nada. Somos uma massa amorfa de carne e ossos. Quando olhamos no espelho ainda vemos um protótipo de falo em nossas genitálias. Não cortaremos nossos pulsos para provar, no entanto, o sangue que corre nas nossas veias é tão grosso quanto o sangue que corre nos seus braços. Não pode nos cobrar por termos sido alimentadas por sua placenta. Ainda trazemos na barriga a cicatriz do nascimento forçado. O fórceps é nosso instrumento de tortura favorito. O fato de termos sido geradas no seu útero não desvalida o nosso ódio quase congênito, pelo contrário, talvez o legitime. Não gastaremos nossa saliva para te culpar da invalidez de nascença de uma de suas filhas. Nem mesmo o culparemos pelo retardo leve que atinge a todas. Aprendemos a lidar com a bestialidade. A inteligência acima da média não teria nos poupado de uma vida ordinária. Continuaríamos babando no seu falo como idiotas. Nunca pudemos provar que o Senhor foi responsável pela desgraça que caiu sobre as pernas de nossa irmã, para todos os efeitos o Senhor é inocente. Também não cobraremos que trate com afeto nossa irmã defeituosa. Temos consciência de que não possui esse nível de altruísmo. Não faremos uma ode ao seu descaso. Não podemos culpá-lo por termos nascido na família errada. Sequer acreditamos que exista uma família funcional em outro lugar. Também não cairemos no truque barato de agradecermos por estarmos vivas. Até mesmo as plantas mais exigentes sobrevivem no deserto. Não havia muita vantagem em viver sob o mesmo teto que o Senhor, nosso PAIPADRASTO. Desejávamos que o senhor fosse convocado para a guerra, no entanto, não havia mais soldados, não havia mais canhões nem bombas atômicas em nenhum lugar do globo, o Senhor continuaria entre nós, cavoucando a terra e enterrando dia a dia cada uma de nossas esperanças. Não ruminaremos as guerras incitadas pelos seus antepassados. Não removeremos a poeira dos rifles guardados no porão nem procuraremos por fardas escondidas em caixas de madeira. Não engatilharemos as armas enferrujadas. Não faremos testes de balística. Também não remexeremos nos baús para encontrar fotos dos cavalos de batalha. Não procuraremos nossos sobrenomes nos registros de mortos. Ter consciência da nossa origem não nos despertaria do sonambulismo nem nos livraria das noites insones, continuaremos acordando assustadas no meio da madrugada e continuaremos escutando os seus passos em direção a nossas camas. Nossos corpos continuarão esburacados como se tivessem sido metralhados num combate íntimo. Não soletraremos os nomes esquecidos da nossa árvore genealógica nem ressuscitaremos os seus grandes feitos. Seria inútil esquadrinhar um culpado que já foi transformado em pó. Assim como seria inútil procurar os nomes dos homens que assinaram o último tratado de paz. Todo homem nasce com uma arma engatilhada no meio das pernas. Ninguém é inocente. Não procuraremos por retratos que provem nossa estupidez familiar. Já sabemos que o retardo mental faz parte de toda linhagem. Nem importaremos a rigidez dos defuntos alheios, tampouco mataremos inutilmente as moscas que rondam seu corpo. Há muito tempo também notávamos o seu odor e percebemos que apodrecia enquanto fazia o desjejum. A morte chegaria e nós também a temíamos, sabíamos que teríamos de lidar com o seu rigor erectus. Não teríamos sossego mesmo com o seu fim. Durante anos vomitamos o senhor pelas nossas bucetas. Sentíamos o seu cheiro de longe, antes mesmo de atravessar o corredor em direção aos nossos quartos. Talvez as moscas nos digam mais sobre você do que um dia pudéssemos enxergar. Quando a morte chegar moveremos os ferrolhos e abriremos gentilmente a porta. Sempre soubemos o quanto temia a morte, ela era como um zunido permanente no seu ouvido, e isso nos causava uma espécie de alívio, existia algo no mundo que não estava sobre o seu domínio. Agora entendemos o porquê nos observava atentamente degolando as galinhas. Assim como nós não podíamos trancar a porta do quarto quando o Senhor batia, o Senhor também não poderia trancar a porta quando a morte tivesse no seu encalço. Não estamos escrevendo essa carta para pedir algum tipo de retratação. Não somos tão ingênuas. Não acreditamos que o Senhor seja capaz de algum ato de bondade ou alguma tomada repentina de consciência. Não se trata disso. Também não se trata de uma simples retaliação. Não queremos que nos pague em arroubas o afeto que não soube proporcionar. Não aspiramos que nos inclua no rol dos parentes vivos nem fazemos questão de aparecer no testamento dos mortos. Contabilizar o seu patrimônio apenas nos faria comprovar o seu fracasso com as finanças. Provavelmente os seus bens foram penhorados por causa das dívidas de jogo. O Senhor sempre foi um péssimo jogador, embora fosse ótimo com as trapaças. O Senhor se gabava por ter conseguido as terras com o suor do seu rosto. No entanto, hoje elas não valem um tostão furado. Ninguém mais quer viver nesse fim de mundo. Estamos aqui, em carne, ossos e verbo. As filhas que nunca desejou. A cada gestação brotava no Senhor a esperança de multiplicar o seu falo e a cada nascimento se deparava com um novo buraco, uma nova falta, a cada nova filha mais e mais esburacado o Senhor se tornava, uma espécie de peneira humana. Entendíamos apenas de subtração. Não traríamos um falo sobre a pelve. Nenhuma de nós te traria a completude, ainda que temporária. Nenhuma de nós te daria a chave da tão almejada felicidade. Nenhuma de nós te aliviaria do fracasso de viver. / PAIPADRASTO/ Pelo contrário, quando olhasse nossas genitálias teria absoluta certeza da sua fraqueza. Homens que só parem mulheres são considerados menores, insignificantes. Perante os outros o Senhor não passava de um homem ordinário. Embora considerássemos essa ideia absurda, fingimos concordar, pois era prazeroso ver o seu martírio. O Senhor era visto como um incapaz, talvez tão aleijado quanto nossa irmã. Esfregaríamos por anos e anos as nossas genitálias na sua cara. O Senhor sofria por não poder parir homens. Não moveríamos um dedo para te auxiliar. Você continuaria procurando em cada novo nascimento um fôlego que jamais encontraria, porque sempre e sempre nasceríamos mulher. E a cada nascimento traríamos buracos mais profundos. As bruxas não foram queimadas à toa. Sabemos muito bem que o Senhor sempre fez questão de escarafunchar cada um dos nossos buracos, como se procurasse uma explicação dentro de nós. Sim! Todas as noites o Senhor entrava em nossos quartos e procurava o seu infortúnio no meio das nossas pernas. Não parecia se conformar com o que via, pois não se contentava em apenas olhar, o Senhor manipulava nossas genitálias por alguns minutos, nunca parecia ser o suficiente, já que retornava todas as madrugadas e em algumas delas também enfiava o seu pau dentro de nós, e não adiantava gritarmos, porque quando fazíamos isso o Senhor tapava nossas bocas e enfiava com mais violência, talvez pelo inconformismo de encontrar lugares vagos no nosso corpo, o Senhor queria completá-los à força. Somos a representação da sua derrota. Não iríamos te poupar do fracasso. /PAIPADRASTO/ A paternidade é uma nomeação contestável /PAIPADRASTO/, um topos, que em muitos aspectos lembra a instituição manicomial, há muitos pontos de fuga, entretanto, nenhuma saída. Nem de longe te comparamos aos alienados, pois sabemos que as motivações dos loucos não se igualam as suas.

/PAIPADRASTO/ Qualquer um pode se autonomear pai, contudo, poucos saberão o peso que essa palavra carrega. Não estamos aqui de forma alguma para solicitar um teste de DNA que comprove a compatibilidade de genes. Pouco nos sensibiliza as nossas semelhanças. Nunca nos indagamos sobre a legitimidade da sua paternidade. Nosso questionamento é de outra ordem, provavelmente o Senhor nunca compreenderá, porque está preso nas amarras dos significantes. Porta: porta, cadeira: cadeira relógio: relógio. Às vezes, nos surpreendemos pensando na origem das baratas, provavelmente elas foram geradas junto com o primeiro homem. Isso não importa, é apenas uma divagação idiota. Também que fique claro que não escrevemos essa carta porque nos arrependemos por ter desejado constantemente a sua morte, sabemos que qualquer outro agiria da forma que agimos. Não somos ruins somos as filhas da ruindade. Em linhas gerais não fizemos nada para atrapalhar a sua hora fatídica. Sequer adiantamos ou atrasamos os relógios. Assim como nunca ousamos envenená-lo. Guardamos caladas o nosso ódio. E o nosso ódio tem nos alimentado até hoje. Não saberíamos o que fazer se tivéssemos que enterrá-lo, decerto a vida perderia o sentido ou viveríamos apenas à espera da próxima estiada. Ainda assim não nos recusaremos a dar corda nos relógios depois que depositarmos seu corpo na cova.

Capítulo 5

Ainda as filhas de Don Silvério

No último outono, quando voltei para casa, o milharal tinha desaparecido, o tempo da colheita já tinha passado... Rememorei a fala do nosso Pai: você sempre volta quando o trabalho duro já foi feito.

Não morrer era um imperativo. Embora ninguém nos ordenasse diretamente. As vértebras se assemelhavam a trens descarrilados. Os dentes tilintavam nas bocas. Nossas falas eram trituradas pouco a pouco. Vagávamos sozinhas dentro dos nossos corpos. Não nos assustávamos com a desordem dos nossos órgãos nem com a rigidez das nossas musculaturas. Uma voz inaudível nos consumia por dentro, como se um cão faminto devorasse nossas tripas silenciosamente. Continuávamos deitadas esperando o mundo ser esvaziado. Éramos como casas com trancas enferrujadas. Ninguém entrava, ninguém saia. Havia sótãos e quartos inabitáveis. Não pronunciávamos o xingamento PAI. Torcíamos para que os filhos nascessem órfãos. No hall alguns fantasmas se valiam de suas invisibilidades. Não tínhamos medo dos fantasmas. Rezávamos para que um dia o nosso pai também se transformasse num fantasma invisível e silencioso. E que não fizesse o assoalho gemer. E que não fumasse charutos. Não gostávamos do cheiro. E que tomasse café em pequenos goles sem barulhar. Uma baba pegajosa selava nossas bocas. Não abriríamos mais as bocas nem as pernas. Não podíamos abrir a mandíbula e cravar as presas na jugular do inimigo. No jardim havia uma réplica mal-feita dos sete anões, todos estavam com os narizes roídos pela chuva. O mato alto dificultava o acesso ao quintal do fundo. Na época das chuvas a lama impedia que chegássemos na soleira da porta. A ferrugem mancha a carne. A ferrugem corrói os tecidos. As baratas procriavam dentro das rachaduras, depois saiam das embocaduras para nos assombrar. Insetos de qualquer ordem nos apavoravam. Acreditávamos que éramos feitas da mesma matéria medíocre dos seres menores. Nem um átomo a mais nem um átomo a menos. Embora desde cedo mantivéssemos o corpo tão pesado quanto o dos elefantes. Não ostentávamos um rabo, não tínhamos herdado a mais graciosa parte dos mamíferos. Andávamos desajeitadas em duas pernas roliças. Nosso sangue corria pelo lado de fora. Quase todos os nossos ossos já tinham sido fraturados em algum momento. Por dentro éramos só amargura. Sabíamos que tínhamos papilas gustativas para diferenciar vários tipos de sabores, no entanto, só conhecíamos o sabor amargo. Nos contentávamos por não sermos feitas de vidro, se fôssemos um jarro não poderíamos durar tantos verões. De longe olhávamos nossa irmã mais nova brigando com a perna paralisada. Ela parecia um rato que acidentalmente tinha caído numa armadilha. Não havia um ponto de fuga. Apesar disso, tinha um ar complacente ou talvez tivesse algum tipo de atraso mental. Não podíamos fazer nada a não ser lamentar por sua desgraça e culpar nossa mãe de faz-de-conta pela genética ordinária. Almã não tinha nos feito herdar apenas o sangue coalhado. Também tinha nos feito herdar a sua cabeça avoada e a sua ineficácia em lidar com as coisas práticas da vida. Aos poucos o sol era engolido pelas nuvens carregadas. Olhamos ao redor, a casa era como o corpo de um animal vertebrado que teve os ossos triturados por um autocarro. O relógio do saguão continuava o seu tic tac insuportável. Não éramos capazes de acompanhar o seu ritmo. Don Silvério batia as botas no assoalho e era como se escutássemos cascos atormentando nosso juízo. Sim, um cavalo, Don Silvério mantinha muitas semelhanças com esse animal de quatro patas. Embora esses quadrúpedes soassem mais amistosos e confiáveis e tivessem crinas que podiam ser penteadas e trançadas. De longe o escutávamos ruminando os seus pensamentos. Cavalos trotavam dentro das nossas cabeças. Todas as coisas vivas participavam inconscientemente de uma dança macabra. Acompanhávamos, embora em um compasso diferente. Roíamos as unhas. Movíamos desengonçadas os braços e as pernas, nossas banhas pulavam para fora da calça. Não apreciávamos cinto, quando ocasionalmente usávamos tínhamos a impressão de que seríamos partidas em duas. Não gostávamos de nada que nos apertasse. O afeto em muitos aspectos se assemelhava à asfixia. Admirávamos as mulheres que sabiam dançar, entretanto, não aprendemos um passo sequer. As pulseiras balançavam disritmadas, pareciam os sinos das vacas pastando. Dois para a direita, dois para a esquerda. Nossos corpos ruíam como rodas desencaixadas do eixo. Tínhamos nascido em desalinho. Transtornadas observávamos a delicadeza das mulheres normais. Silenciosas elas teciam suas teias como quem tece sua própria mortalha. Não seríamos cúmplices da nossa morte. Nossas mãos permaneciam quietas como dois defuntos. Nós não precisávamos tecer nada, tínhamos nascido envoltas na placenta e a placenta era nossa mortalha, não éramos diferentes dos natimortos, embora ainda peregrinássemos pela sala. O relógio era um dos bichos que mais nos atormentavam, eles pareciam ter a síndrome das pernas inquietas, assim mesmo tínhamos meia dúzia deles espalhados pela casa e três ou quatro nos pulsos, por algum delírio coletivo considerávamos que saber as horas nos salvaria da tragédia. Não salvou. Sequer conseguimos nos pendurar nos ponteiros e evitar uma tragédia maior. Eu via a velhice chegando aos rostos de outros homens, às vezes, chegava disfarçada nas raízes dos cabelos, a coluna antes ereta agora inclinada em direção à cova, ainda que esquecêssemos de dar corda e os relógios parassem, os anos continuavam degradando cada ser vivente. Continuavam riscando uma arte abstrata no rosto da humanidade. Nós não estávamos apartadas dessa lógica mórbida. O relógio e a forca se irmanavam na desgraça. Don Silvério também atravessava nossas genitálias com o seu ponteiro. Na nossa família o incesto não era um tabu. Éramos como cadelas que procriavam com seus progenitores. O sangue de Don Silvério corria nas veias de todas nós. Ele manejava o cavalo com cuidado extremo — ele amava mais os cavalos do que as mulheres. Não o culpávamos, devia ser mais fácil lidar com equinos do que com mulheres. De tempos em tempos D. Silvério selava o cavalo e partia para o povoado vizinho. Em silêncio, festejávamos. As estradas costumavam ficar meses interditadas por causa das chuvas. O patrão demoraria a voltar. Almã grunhia entre os dentes que o velho alimentaria as bocas de lá. Nervosa enrolava o fumo num papel grosso. Não dizíamos nada. Não era da nossa conta. Vocês são muito novas, não sabem de nada. D. Silvério é esperto, está fugindo do tempo ruim, no outro lado não chove nunca, dizem que é tão quente que é como se tivesse um sol para cada um. Por outro lado, é uma vila de velhos, há décadas não tem um nascimento, os últimos foram há décadas e as crianças já nasceram secas, como se tivessem envelhecido dentro do útero da mãe. Embora passasse dos cinquenta, Almã parecia tão ignorante quanto nós, assim mesmo, a escutávamos fingindo devoção. Quando as chuvas começassem já estaria no outro povoado, aconchegado nos braços de sua outra família. A roda dos enjeitados. A ruindade admite linhas infinitas de parentesco. Não queríamos conhecer nossas irmãs postiças. Não acreditávamos que nada de bom pudesse vir de Don Silvério. Ficávamos aliviadas, por algum tempo não teríamos os quartos violados. Não falaríamos nada, achávamos justo que outros seres sofressem tanto quanto a gente com a presença de Don Silvério. Lá quem sabe as fêmeas tenham três braços para agradar os machos. Já nós éramos como cobras, apenas abraçávamos se fosse para esmagar as vértebras das nossas vítimas antes de engoli-las. Aqui, se pudéssemos, amputaríamos os membros para nunca ter de dividir nossos afetos. Nossos braços serviam apenas como instrumentos de recusa ou para espantar galinhas ou ainda para degolá-las, havia um prazer camuflado em cortar seus pescoços. Algumas vezes também utilizávamos os braços para agarrar algum porco que escapava do chiqueiro. Olhávamos o pescoço do patrão e calculávamos quantos minutos de corte a faca atravessaria o lado oposto. Depois esquecíamos. Don Silvério não nos enganava com o seu riso frouxo. Se multiplicássemos os domingos pela somatória de meses vividos por Don Silvério saberíamos que ele tinha degolado dez vezes mais galinhas do que todas nós juntas. Almã fingia não perceber quando Don Silvério deixava o seu quarto de madrugada para violar nossas portas. Ela agia como se os nossos corpos fossem extensões do seu próprio corpo e, por isso, Don Silvério poderia utilizá-los à vontade. Quando ele terminasse de selar o cavalo Almã retiraria da gaveta do armário o charuto, ficaria com ele na boca por meses, o cheiro a lembrava do patrão. Quando o diabo some manda a fumaça para nos assombrar. A sonsa continuaria arrastando as chinelas sob o chão movediço. Às vezes, por engano, bateria no quarto de Don Silvério com os nós estéreis das mãos. Continuaria levantando às cinco da manhã e fazendo café, depois se lembraria que faria o desjejum desacompanhada. Clamaria pela irmã que nunca dava as caras: seria tão bom se a tia de vocês estivesse por perto, ela me ajudaria tanto! Tenho certeza que eu nem perceberia a ausência de Don Silvério. Choraria por dias e noites, lamentando a perda temporária do seu carrasco íntimo. Não a culpávamos, o corpo da mulher foi projetado para sentir falta do seu infortúnio. Síndrome de Estocolmo. Sentíamos pena. Não julgaríamos a sua dor. Ela moveria as mãos sobre a buceta imaginando o seu falo, depois enfiaria algum instrumento roliço entre as pernas e choraria de novo e de novo a partida de Don Silvério. O seu gozo não iria parir nada. Acharíamos graça na sua tentativa de conforto. Nós respiraríamos aliviadas. Fecharíamos as pernas e não deixaríamos que nenhuma mão nos comesse por dentro. Não queríamos que nossas genitálias fossem confundidas com goiabas bichadas. A nossa irmã continuaria alisando a perna, imersa na própria desventura. Pouco sabíamos do seu inferno íntimo, vivia quase sempre com a boca fechada. Às vezes, esquecíamos que ela também tinha um buraco no meio das coxas, embora não chamasse tanto a atenção dos homens, o seu buraco ficava camuflado por causa da sua deficiência. Até mesmo o patrão não mostrava ter vontade de remexer dentro dele. Não queríamos que Don Silvério voltasse da viagem. A função paterna nos era dispensável. A pensão funcionava perfeitamente sem a sua presença, não havia nada fora do lugar. Não precisávamos nos consultar ou tecer comentários raivosos, sabíamos que ambicionávamos o mesmo. Tínhamos sido geradas no mesmo ventre, isso nos proporcionava uma cumplicidade inexplicável. Além disso, o falo de Don Silvério atravessava a genitália de todas, só parava quando atingia o colo do útero, retrocedia para entrar de novo e de novo e de novo e de novo. Gostava que deitássemos de bruços na beira da cama, com as pernas afastadas, enfileiradas, assim podia intercalar as estocadas e cada dia uma era premiada com o seu esporro. Não, não almejávamos a sua morte, não logo de cara. Ele não merecia morrer subitamente, apenas os homens bons têm esse privilégio. Ele deveria morrer tão devagar e agonizante como uma lesma que tem o corpo invadido pelo sal. Primeiro desejaríamos que uma dor de barriga revirasse suas tripas, não contentes com essa imagem, ansiaríamos que a roda da carroça desprendesse, em seguida desejaríamos a morte vagarosa do seu cavalo, depois, mesmo sem acreditarmos em Deus, rezaríamos para que Don Silvério também morresse no meio do caminho, mais vagaroso do que o seu cavalo, já que tinha mais pecados no lombo, de preferência mais perto do outro povoado, pois assim eles se encarregariam dos custos do velório. Não fazíamos questão que o seu corpo fosse comido pelos nossos vermes. Não teríamos por aqui nem choro nem vela. Não gastaríamos um centavo com a sua desgraça. Que desse trabalho para o bando de bastardos que ele via de tempos em tempos. Nem precisaríamos exumar outro morto para que ele coubesse na cova. Embora não costumássemos enterrar nossos mortos, eles continuavam vagando infinitamente pelos quartos da pensão. Nem nos preocuparíamos em procurar por um testamento, ele não podia deixar nada que prestasse, no máximo alguns alqueires nesse fim de mundo. Infelizmente, sabíamos que o nosso desejo era bem improvável de acontecer, contudo, sonhar não paga imposto. Não pulava dentro da carroça sem verificar o eixo das rodas, também inspecionava com cautela os músculos e os dentes do cavalo, era um homem precavido, a morte teria de chegar sorrateira para abocanhá-lo. Antes da viagem ele costumava passar demoradamente pelo quarto de cada uma de nós, pulava apenas o da irmã defeituosa, a roda dos enjeitados, não queria fazer hora extra no inferno, também não queria admitir o seu próprio fracasso em não conseguir clonar um ser sadio. Verificava atento cada dobra dos nossos corpos, parecia querer arrancar nossos pelos pubianos com a ponta dos dedos, unia o indicador e o polegar e imitava uma pinça primitiva, depois voltava a contar as dobras do nosso corpo, tinha de ter certeza que nenhum outro homem nos tocaria, rolava os dedos sobre os bicos dos seios até que eles ficassem duros e arrepiados, beliscava com fúria medida, inclinava a boca e mordiscava, a sua saliva pegajosa escorria dos bicos em direção ao nosso colo, ele aproveitava a mesma baba para molhar nossos pequenos-lábios, às vezes, se agachava meio truculento por causa do peso do corpo, colocava nossas bucetas na sua frente e ficava brincando com a língua de vai e vem em nossos clitóris, ficávamos imóveis, tínhamos nojo da sua boca, no entanto, não ousávamos afastá-la das nossas rachaduras, aos poucos nossos clitóris, independente da nossa vontade, duplicavam de tamanho, a buceta piscava sem nossa permissão, em seguida afastava as nossas nádegas e colocava o dedo médio em nosso ânus, queria conferir se as pregas continuavam as mesmas ou igual as últimas que rompera, depois enfiava os dedos em nossas genitálias até que elas vertessem água, deixava impressos em nossas carcaças o seu rastro de lesma e seu cheiro de charuto barato. Embora sentíssemos vontade de esfaqueá-lo explodíamos num gozo forte. Ele batia em nossas bundas e gritava: eu sei muito bem do que essas vadias gostam, se eu não comer bem comido vem outro e come o que eu plantei. Não se pode dar boi para mulher, são um bando de sem vergonha, não podem ver um pau que caem de boca. Limpava a boca na manga da camisa e abandonava o quarto. Esfregávamos nossos corpos com escova de cerdas grossas para que a sua pestilência deixasse nossa pele. Ficávamos meses a fio sem poder sair da vila. Nossas genitálias voltavam a ser apenas nossas. As estradas ficavam intransitáveis, ninguém ousava atravessar. Nunca tínhamos andado além do nosso quintal, de certa forma invejávamos Don Silvério. Jamais aprenderíamos a ler mapas, a única terra que percorreríamos seria aquela a sete palmos debaixo dos nossos pés na hora da morte. Já o patrão conhecia outros mundos. Na época das chuvas poucos hóspedes procuravam o casarão. Às vezes, se hospedava um ou outro caixeiro-viajante que perdera a oportunidade de deixar a cidade — por distração ou ignorância — antes das chuvas começarem. Assim mesmo os quartos eram encerados como nas altas temporadas, exceto meia dúzia deles, que jamais eram abertos. Apenas Don Silvério tinha as chaves. Não fazíamos questão de saber o que aqueles quartos trancados escondiam (todas nós escondíamos segredos), nos contentávamos por não ter de limpá-los. Algumas noites nos reuníamos e ficávamos horas analisando a planta da casa, pouco a pouco descobríamos corredores que ainda não conhecíamos, tínhamos a impressão que a pensão se multiplicava à medida que os anos passavam. No entanto, não possuíamos tempo para nos surpreender. Durante as chuvas tínhamos trabalho dobrado, os cavalos precisavam ser devidamente secos antes de entrarem nos estábulos. Não queríamos que pegassem uma pneumonia. A produção de grãos era afetada, as chuvas acabavam apodrecendo as mudas. Além disso, a estrada ficava lamacenta e a sujeira acabava se espalhando pela casa. Não havia grande perigo nas épocas de baixa temporada. O patrão já não estaria para fazer a sua vigilância noturna — ainda podemos sentir seus dedos calejados entre nossas coxas. As suas mãos deixarão de apalpar nossas carnes para se certificar de que elas não foram bulinadas por nenhum homem. Enquanto o patrão estivesse fora poderíamos dormir todas sem calcinhas e com as pernas arreganhadas. Também poderíamos nos divertir brincando de uma chupar a outra, ganha a que demorar mais tempo para gozar. Apesar da brincadeira ser divertida, nós, as mulheres, dormiremos vestidas e com as pernas cruzadas. Os olhos do patrão pareciam com o dos peixes, não tinham pálpebras, não fechavam nem mesmo de madrugada, viviam em vigília. Não havia portas nos lavatórios. O patrão era apenas um, no entanto, mesmo longe da pensão se multiplicava devido aos inúmeros espelhos espalhados por todos os cantos. Qualquer deslize era duplicado, por isso, andávamos pelos corredores com as mãos atadas atrás do corpo. Conhecíamos a fúria desmedida de Don Silvério e nenhuma de nós queria sentir o peso do seu cajado. Também não queríamos que ele se vingasse de nós enfiando com fúria o seu falo em nossas genitálias. Às vezes, desejávamos ter nascido inválidas como nossa irmã caçula para escapar do martírio. Don Silvério se intrincava no meio de nós como uma rachadura numa casa velha, não era possível eliminá-la sem que a estrutura inteira ruísse. O seu falso afeto correspondia à arquitetura da desgraça. Nos seios de cada uma de nós havia uma mácula impossível de remover, muitos chamam essa mancha de auréola, embora não víssemos nenhuma santidade nela. Preferíamos que nossos seios fossem macios e lisos como nossas nádegas, assim nenhuma língua poderia pousar por muito tempo sobre eles. Não tínhamos domínio do próprio corpo porque ele se confundia com os utensílios da cozinha. Na parede o relógio chicoteava o tempo com o seu tic tac infernal. Contudo, colocávamos a mão sobre a jugular e não conseguíamos adivinhar as batidas do próprio coração. Às vezes, desconfiávamos que éramos fantasmas disfarçados em corpos humanos. Não olhávamos as horas, mas escutávamos as badaladas de dentro dos estábulos, elas se confundiam com o trotar e com as trovoadas. O tempo se distendia entre uma e outra escovada nas crinas dos cavalos. Durante as chuvas Almã tinha a missão de alimentar o relógio. Sim, às vezes, ele fingia dividir o tempo com ela. Todos os dias, exceto na estiada, seis horas em ponto Don Silvério subia na cadeira de madeira e dava corda no seu bicho de estimação. Os seus sapatos arranhavam com estupidez o assento do móvel. Sim, ele acreditava que o tempo estava sob o seu jugo. Pensou assim até o fim da vida. Ninguém tinha coragem de desmenti-lo. Às vezes, imaginávamos que Don Silvério nascera em um manicômio. Desde que éramos pequenas Almå contava que Don Silvério foi encontrado vagando pela estrada com apenas três anos de idade, ninguém soube explicar de onde ele viera, uma família o abrigou e o tratou como um filho bastardo, aos vinte deixou o vilarejo e voltou mais tarde montado no dinheiro. As más línguas espalharam que era matador na cidade grande, só assim um pé rapado enriqueceria tão rápido. Por um lado, não duvidávamos, sabíamos da sua capacidade de odiar, por outro lado, soava incoerente, afinal, se ele fosse mesmo um matador não teria tanta necessidade de descontar sua raiva em nossas carnes, muito menos teria vontade de abaixar nossas calças, abrir nossas pernas com violência e nos castigar com o seu falo duro feito madeira maciça. Ainda que nos recusássemos, nunca passamos mais de uma semana sem sentar na tora que Don Silvério trazia escondida na pélvis. Nessas horas Almå se mostrava ocupada com os afazeres da casa. Não passava nem perto dos nossos quartos, se distraía com os utensílios na cozinha. Enquanto isso o patrão nos lavava por dentro, depositava sua gosma branca dentro da gente, depois ficávamos o dia todo com aquele líquido pegajoso escorrendo pouco a pouco em nossas calcinhas. No outro dia deixávamos as calcinhas expostas no lavatório para que Almå se desse conta da nossa tortura, no entanto, ela pegava as calcinhas com as pontas dos dedos e comentava que éramos um bando de porcas e por causa da nossa sujeira vivíamos com aquele corrimento esbranquiçado na roupa de baixo. Não contestávamos, sabíamos que a cegueira era um defeito congênito. Contudo, toda semana voltávamos a deixar as calcinhas expostas no lavatório. Às vezes, as formigas formavam fileiras e se alimentavam do esporro de Don Silvério, outras vezes, as calcinhas passavam temporadas inteiras arreganhadas ao sol. Aos domingos Don Silvério acendia uma vela de sete dias, ajoelhava em frente ao oratório, julgando assim que os seus pecados seriam expurgados. Não fazíamos menção de contrariá-lo. Fingíamos uma devoção cega. Porém, não podíamos crer em uma divindade que munia os homens com um porrete no meio das pernas. Ficávamos de quatro, sim, era a sua posição preferida também para adorar a Deus. Colocávamos as mãos sobre as genitálias, depois esbarrávamos os dedos, sentíamos certo prazer em fazer isso às costas de Don Silvério, era uma espécie de vingança íntima, uma prova de que conseguíamos obter prazer sem a sua ajuda. Ajoelhávamos logo atrás dele, fixadas na chama da vela e descrentes da nossa salvação. Se éramos frutos do seu escarro provavelmente também seríamos excomungadas. Deus não teria misericórdia. Enfiávamos o dedo com mais vigor. Depois experimentávamos colocar o indicador e o médio juntos, improvisando assim uma espécie de falo com ossos no meio. Esperávamos fatigadas a hora final. Nossas genitálias ficavam ainda mais quentes devido à chama da vela, a vela nos lembrava o membro duro de Don Silvério, apertávamos com mais força o dedo médio sobre a rachadura, tínhamos nascido trincadas como casas velhas, bastava alguns giros com os dedos e nossas portas rangiam. Ninguém entraria pela porta escancarada. Todos rezavam. Enfiávamos os dedos com mais vigor. Don Silvério continuava sussurrando orações indecifráveis. Também entravámos em epifania. Nenhum galo ousaria cantar antes do amanhecer. O quintal estava escuro e silencioso. As minhocas percorriam túneis infinitos por debaixo da terra. Enfiávamos os dedos com mais vigor. As galinhas dormiam em seus poleiros. Os cavalos já não pastavam. Dormindo eles já não eram símbolos de virilidade. Escutávamos os gemidos das putas do outro lado da vila. Nossas bucetas nasceram fendidas como as paredes dos celeiros. Os porcos sonhavam chafurdados na lama. Enfiávamos os dedos com mais vigor. Na rua da frente avistávamos um poste enorme com luz fraca. Nossos corpos continuavam em vigília e aos poucos molhavam a terra seca. Fechávamos os olhos e fingíamos dormir. No entanto, éramos atormentadas pelo arrastar das horas. Na parede da varanda tinha um cuco quebrado. No braço esquerdo de todas rodavam os ponteiros de um velho relógio analógico. Era inútil cortarmos os pulsos, os ponteiros continuariam a girar. Enfiávamos os dedos com mais vigor. No braço de todas também escorria o sangue grosso de Don Silvério. Não o chamávamos de PAI.

Capítulo 6

Eu, Don Silvério, o excomungado

A roda dos expostos

Toda família tem o doido que merece. Durante a minha infância me deparei com muitos loucos, a vizinhança estava lotada deles, cada casa que eu entrava, acompanhado de minha madrinha Socorro, me deparava com alguma figura bestial, que ficava escondida na edícula dos fundos ou no quarto de costura. Na nossa casa não tinha quarto de costura. Ninguém nascera com o dom de remendar trapos. Nem loucos. Até hoje me pergunto se isso era uma grande vantagem evolutiva, desconfio que não. Eu mal conhecia as doenças dos meus parentes, contudo, eles não tinham a cara abobalhada como daquelas crianças que viviam trancadas para não envergonharem os seus genitores. Socorro olhava as crianças e ficava com os olhos cheios d'água, como se sentisse certa culpa por nunca ter tido filhos, nem sãos nem idiotas. A família do louco tentava nos distrair, não queriam que víssemos suas falhas, mas era impossível esconder, era como uma arcada dentária protuberante na boca de uma criança raquítica, as falhas estavam ali, estampadas numa criatura de duas pernas e uma cabeça desmiolada. Não ousávamos tirar a sua paz ou testar a sua capacidade de socializar, fingíamos que não enxergávamos o seu jeito torto, dessa forma saíamos ilesos. Nunca cai na besteira de chamá-los para as nossas brincadeiras de criança saudável. Não sabíamos que a loucura não era contagiosa. Considerávamos que a insanidade poderia se espalhar pelo corpo como o sarampo ou a catapora. Minha madrinha dava risada, loucura não pega, ou você nasce louco ou não nasce louco. Socorro estava redondamente enganada, talvez só conhecesse os loucos de vista, aqueles que ficavam encarcerados no quarto de costura, se tivesse convivido com alguns deles saberia que ninguém escapa à loucura enjaulado numa casa de alienados. Descobri isso sozinho, bem mais tarde. Não pude compartilhar o meu achado com minha madrinha, ela morreu assim que completou quarenta e cinco anos. Só descobri que Socorro não era tão velha depois de muitos anos, na minha cabeça de criança ela tinha morrido de velhice. Não chorei, senti um pequeno alívio por não ter mais que acompanhá-la pela vizinhança e também por não ter que me encontrar mais com aquelas crianças defeituosas. No entanto, jamais imaginei que a vida adulta me trouxesse a insanidade a baciadas. Agora eu era o vizinho envergonhado por ter ajudado a colocar no mundo essas figuras bizarras. Se não bastasse uma, todas as minhas filhas traziam o gene da demência. Puxaram a desmiolice da mãe.

A loucura das minhas filhas fez com que eu me isolasse dentro da minha cabeça e, por isso, me colocaram a alcunha de carrasco. Porém, ninguém deve subestimar a solidão de um carrasco. A solidão nos é rara, quase não a alcançamos. Um algoz está constantemente acompanhado dos seus demônios. Não somos filhos de ninguém, somos uma terra expatriada. Mães não parem monstros. Nasci do ventre fecundo de um homem. E nasceria outras dez mil vezes. Nada me faz crer que seria mais ingênuo caso fosse regurgitado da vagina de uma mulher. Uma mulher pode ser tão cruel quanto qualquer homem. Minhas filhas nunca entenderiam o meu martírio, embora todas tenham nascido do meu útero e tendo os meus genes não poderiam ser tão melhores do que eu. No entanto, era assim que elas se sentiam, superiores, porque tinham no meio das pernas um bicho insaciável que engolia uma parte considerável dos homens. Elas agem como se fossem uma peça rara de antiquário, mal sabem que existem milhares de cópias do mesmo objeto vagando pelo mundo afora. As mulheres são seres hediondos, cospem para dentro. Elas possuem uma força centrípeta, fazem tudo girar ao redor dos seus círculos, dos seus buracos. Ficam de quatro oferecendo seus traseiros gordos e depois fingem desprazer. As meninas mal saem das fraldas e já andam rebolando, empinando a bunda e atiçando os machos, depois se fazem de santas.

Minhas filhas eram dissimuladas como todas as outras mulheres, a demência não conseguiu alterar a habilidade delas de irritarem o sexo masculino. Viviam com um riso besta na cara e com as genitálias à mostra, arranjavam qualquer desculpa e arregaçavam as saias, deixando a polpa da bunda para quem quisesse ver, eu desviava os olhos, não queria olhar aquela carne rosada quase tocando o chão, eu não era uma aberração, eu era um homem. Elas não me convenceriam do contrário. Às vezes, acabava dando uma espiada de rabo de olho, não por desejo, mas porque queria ter a certeza de que não estavam sem calcinha. Desde muito novas elas têm mania de tirar a calcinha e andar apenas de saia. Vez ou outra quando crianças corriam e pulavam no meu colo sem parar, dava para sentir os grelos quentes esfregando na minha perna, eu as tirava de cima, contudo, não contentes, elas se jogavam de novo, numa brincadeira interminável, até que ficavam ofegantes e dormiam no chão da sala, ao redor dos meus pés. Deixava-as lá estiradas e entrava sorrateiro no quarto de Almå, colocava ela de quatro e a castigava a noite toda. Ela acordava exausta no outro dia, mal podia fechar as pernas.

Infelizmente, minhas filhas vingaram, mas o demônio não deixou os seus corpos. Como dizem, o diabo vem disfarçado de saia, no meu caso, as saias vinham por cima dos quadris das minhas filhas débeis mentais. Pensei que à medida que crescessem se acostumassem com as ceroulas, não foi o que aconteceu. Continuaram andando pela casa sem nada por baixo das saias. Comecei a ter problemas com os caixeiros-viajantes, pois elas levantavam as saias em qualquer lugar e urinavam em pé, essa era uma das suas habilidades. Eles ficavam atônitos, eram homens, todos tinham um pau latejando no meio das pernas, ficavam paralisados com aquela imagem, vulvas vertendo água feito uma fonte. Alguns tentavam desviar o olhar, mas não era raro eu surpreendê-los tirando os paus para fora e tentando esfregar nas xotas molhadas das minhas filhas. Elas tinham xotas grandes e rosadas como um bicho esquartejado. Elas fingiam uma demência que realmente acometia os seus corpos. Costumavam arregaçar as xotas com as mãos, provavelmente para sentir melhor os paus encostando nos seus grelos. Não raro eu as pegava chacoalhando entre risos os membros eretos dos viajantes. Alguns paus eram tão grossos que elas mal conseguiam abocanhar com as pequenas mãos, outros eram tão longos que elas pegavam em duas. Outras vezes elas esfregavam as genitálias nas bocas salivantes dos viajantes. Às vezes, tentava impedi-las, outras vezes ficava observando de longe com o meu pau guardado dentro das calças de sarja.

Não era incomum os caixeiros-viajantes voltarem a se hospedar na pensão. Não eram tontos. Não podia repreendê-los, se eu não fosse da família provavelmente faria a mesma coisa. Algumas vezes traziam primos a tiracolo, outras vezes traziam os filhos caçulas, queriam dar um bom exemplo. Ficavam com os ouvidos grudados nos quartos das minhas filhas. Quando elas estavam distraídas ou sonolentas eles abriam a porta, se deitavam na cama e fingiam que estavam numa casa de mulheres de vida fácil. Eu observava de longe, continuava com o pau guardado sob a calça de sarja. Nunca vi minhas filhas enxotando nenhum deles. Pelo contrário, às vezes, eu as via acenando para os mais tímidos e em seguida esfregando o clitóris uma das outras, evidentemente indicando uma oferta de coito. Acordavam relaxadas e com as bucetas cheias de porra. Meu pau continuava guardado sob a calça de sarja. Não reclamavam das visitas noturnas. Desconfio até mesmo que fizessem o convite durante o dia, jamais pude comprovar essa desconfiança da minha parte e confesso que também não me esforcei para descobrir, me causava certo frisson assistir elas se deitando com aqueles homens brutos e malcheirosos. Não era incomum ver duas ou três das minhas filhas satisfazendo o mesmo homem. Eles deixavam os quartos sem nenhuma cerimônia, como se nunca tivessem sequer atravessado a porta. Algumas vezes eles deixavam souvenires, um espelho, um pó de arroz, uma água de colônia ou uma bijuteria barata. Minhas filhas guardavam os objetos sem comentar sobre o assunto.

Minhas filhas parecem ter a cabeça tão fértil quanto a desmiolada da mãe, inventam mil histórias estapafúrdias sobre o povoado vizinho, a verdade é que não existe nada demais por lá, eu vou no povoado para descansar a minha cabeça, não existe uma amante ou uma outra família como costumam falar. Não posso negar que tenho meus afetos na cidade, mas é só diversão, todo homem gosta de uma farra de vez em quando. Não existe um cabaré decente nessa vila, então, eu acabo ficando um tempo me fartando com as putas do outro lado e duas ou três viúvas que gostam de deixar a porta dos fundos aberta e fingir que estão sendo enrabadas pelos seus falecidos, e todas tem um rabo fabuloso, talvez seja a fome, acabam sendo fodidas por uns dez fantasmas diferentes por mês. Elas têm o rabo tão gostoso que eu poderia comê-las todos os dias, no entanto, ninguém envelhece impunemente, nem sempre o meu corpo acompanha o meu desejo, muitas vezes fico com o pau na mão, literalmente, como quem acaricia um defunto, por mais que se mexa nele não ressuscita.

Capítulo 7

Ëncarnácion e as manias de Eustáquio

A irmã de Almå é igualzinha a ela, no entanto, é uma Almå raivosa, a vantagem é que não possui uma sarda sequer no rosto, detesto sardas! Ëncarnácion tem uma cara lisa e confiável, embora não valha um centavo, se derretesse não daria um brinco de dois centímetros. Ëncarnácion é uma mulher dissimulada, como quase todas as mulheres da família. Não posso afirmar categoricamente que todas as mulheres do mundo são dissimuladas, não as conheço, pois mal atravesso a cerca que delimita o nosso povoado do povoado vizinho. No entanto, conheço as mulheres da nossa família. Não lamentei o meu exílio, não saberia o que fazer em outras paragens. Também não lamentei os laços maternos. Não saberia o que fazer com uma mãe amorosa. Cutuquei ao redor do umbigo e pude sentir uma hérnia se iniciando. Um burro não chora porque não pensa na sua árvore genealógica, sequer pensa sobre a própria existência. Eu tinha a desvantagem de não ser um burro. Não empacaria nessas reflexões. A água do café já estava fervendo. Era melhor se calar e coar logo o café. Ëncarnácion não faz questão de parecer franca ou solícita, ao contrário de Almå não simula virtudes que não possui, aliás, não se preocupa com isso nem perde o sono tentando esconder suas falcatruas. Algumas vezes até mesmo se vangloria do seu poder de surrupiar as coisas sem ser pega no flagra, fala isso e mostra um cordão de ouro que colocou no bolso enquanto conversava com a dona da joalheria. Não contente tenta convencer que não faz nada de errado. Como dizem, o feio é roubar e não poder carregar, por isso, adoro afanar souvenires, alguns são caros e todos são pequenos e fáceis de esconder dentro do sutiã. Como podem ver eu tenho a vantagem de ter seios fartos como os da minha irmã Almå. Ela tinha razão, embora as duas fossem dois paus de vara tripas, possuíam seios grandes e suculentos, com certeza já tinha ordenhado as tetas para muitos machos e talvez para meia dúzia de mulheres. De certa forma, pensar sobre isso me deu comichões nas partes baixas. Contudo, não pronunciei nenhuma palavra, apenas balancei a cabeça em concordância com a sua afirmação sobre furtos e peitos. Meu clitóris deu uma leve dilatada. Se eu quisesse também poderia esconder coisas dentro do sutiã. Ela continuou falando enquanto apalpava os próprios seios, talvez para ter certeza de que ainda coubessem muitos objetos entre eles e o sutiã ou talvez estivesse apenas testando a sua maciez. Eustáquio olha embasbacado os peitos da mulher. Não dá para saber se olha daquela forma esquisita por tesão ou simplesmente porque é um boca aberta. Ëncarnácion continua tagarelando. Almã detesta quando conto essa história, mas é tão divertida! Na verdade, inicialmente Eustáquio seria meu futuro cunhado, ele começou se engraçando por Almã, porém, depois do terceiro encontro, no segundo dia da semana, Eustáquio resolveu contar as sardas da cara da pretendente e tamanho foi seu assombro! Levou meio dia para terminar a contagem e quando finalmente acabou ficou tão decepcionado que levou mais meio dia para fazer uma nova contagem. Ele não estava enganado, eram 1435 sardas. O fato de serem numerosas de forma alguma o afetou, o problema foi o número ímpar! Ainda tentou dar uma última chance à coitada e pensou: talvez se somasse os números quem sabe conseguiria um número par e assim colocou na sua caderneta 1+4+3+5. Que lástima!!!! Além de continuar ímpar se tratava do número 13! Não poderia jamais namorar com alguém que tinha o número 13 estampado na cara! Cortou definitivamente as relações com Almå. O marido de Ëncarnácion é a cópia de Don Silvério, mas um Don Silvério bocó, com cara de pamonha. Ao invés de planejar crimes tentava contar as peças do dominó, pois queria ter certeza de que o jogo não pudesse interferir no seu destino. Tirava todas as peças da caixa e contava, esperava dois minutos e se colocava a contar de novo. Sim, ele gritava, são 28 peças! É um belo número par, $2 + 8 = 10$, o número par perfeito, logo depois virava a caixa e se punha a contar novamente, não pode ser, não pode ser, $36 + 9 = 45$ peças, $4 + 5 = 9$, isso não é nada bom, nada bom! Número ímpar! Ficou irritado, jogou o dominó no lixo e se pôs a contar as cartas do baralho, acompanhado de um bloquinho de notas. Ele era bom com as descrições detalhadas. Ao final de duas semanas chegou à conclusão de que o baralho definitivamente fazia parte dos jogos de azar. Não deveria ter perdido tanto tempo para constatar algo que estava na sua cara, nada de bom poderia vir de um jogo que se intitulava jogo de azar, ele fora mesmo um tolo! Chamou a esposa de canto e disse que precisava ir urgentemente até à cidade mais próxima. Ëncarnácion quis saber o que poderia ser tão urgente assim. Embora já previsse que a resposta não a surpreenderia com nada novo, apenas com mais do mesmo. Eustáquio explicou que estava há algumas semanas estudando o jogo de mancala, ela sabia o quanto esses jogos mexiam com a sua cabeça. Apesar de estar há dias dedicado à mancala ainda não possuía um tabuleiro e não conseguia ter certeza se seria um jogo adequado, pois como ela estava cansada de saber, não existia acaso no universo, tudo gira em torno de algo maior, uma verdade numerológica. Ela balançou a cabeça concordando com o marido, discutir era mais trabalhoso e resultava numa equação inútil. Ëncarnácion não pensou nem por um minuto em contestar, não tinha nem argumento nem paciência. Cogitou que talvez tivesse sido melhor ter virado puta. Não virou. Eustáquio continuou na sua manobra de convencimento. Não era muito difícil chegar a essa conclusão, aliás, era muito óbvio, bastava se lembrar das quantidades de meses no ano, as estações, o alinhamento dos planetas, a altitude, a latitude, os trópicos, todos eles são regidos por um número, até mesmo o seu sutiã, se você olhar verá que existe uma etiqueta indicando um número. Eustáquio fez menção de suspender a blusa da mulher, mas ela deu um tapa em sua mão, sabia que dependendo do número que ele encontrasse não teria mais sossego. Ëncarnácion passou as mãos pelos seios tentando desviar a atenção do marido, contudo sua estratégia foi em vão. Ele estava fixado na sua caderneta de bolso e sequer reparou que a mulher possuía um corpo. Por um momento ela também duvidou que realmente era de carne e osso. Ela calculou mentalmente o dia em que se encontrou com o marido pela primeira vez, não se lembrava do alinhamento dos planetas, contudo, sentiu um leve arrependimento. No entanto, sua crença em um relacionamento melhor era frouxa. No final todo relacionamento se parecia com uma fruta bichada, só depois da primeira mordida nos damos conta. Não conhecia ninguém que tivesse sido feliz, nem sozinha nem acompanhada. Brincou com os botões da camisa. Não pensou mais no assunto. Suspirou fundo, não gritou nem esperneou ou tentou dissuadir Eustáquio daquela ideia estapafúrdia, simplesmente assentiu com a cabeça, como a mais obediente das esposas. Não custava muito ser cúmplice das loucuras do marido. Pediu que ele se acalmasse, logo ela tomaria banho e os dois procurariam alguma tabacaria no povoado mais próximo. Não precisava fazer um cavalo de batalhas por causa de um jogo de tabuleiro, dariam um jeito. Não tinham como chegar em algum lugar habitável a pé, levariam dias caminhando e não chegariam a lugar nenhum, não é qualquer um que consegue se virar andando na vila. Precisaria ter um pouco de paciência. Teriam de chamar algum caixeiro-viajante, pois era a forma de transporte mais confortável. Além disso, não é possível imaginar Eustáquio colocando a sela em um cavalo e montando em cima, com certeza cairia na primeira tentativa. Nunca teve agilidade nem destreza. Não seria capaz nem mesmo de cavalgar em cima de um pônei. Era um homem de poucas habilidades corporais, até estranhávamos o fato de ele conseguir caminhar com a perna direita e esquerda sem tropeçar. Sem contar os braços, costumava andar com duas sacolas, uma em cada mão, pois assim não se confundia e evitava balançar os braços a esmo. Também enchia a sola dos sapatos com bolinhas de chumbo, assim se lembrava de erguer os pés ao caminhar. O jeito era se acalmar e esperar. Ele retirou um calendário e começou a fazer anotações. Ele era bom com as palavras, embora a letra não fosse nem um pouco legível e a dicção sofrível. Já tinha tentado o caderno de caligrafia, mas tal caderno se mostrou inútil, principalmente porque ele passava uma tarde inteira fazendo a contagem das linhas antes de iniciar os exercícios. De forma que o dia acabava e ele mal tinha terminado de preencher meia página. Ëncarnácion achou melhor ele continuar o treinamento em um caderno sem pautas, assim não haveria distrações. Todavia, a estratégia não deu certo, o marido passava horas tentando decidir de qual lado da folha deveria começar, por fim, terminava desenhando uma rosa dos ventos e se dava por vencido. Ëncarnácion alegou ao marido que a sua letra era horrível e não sabia como fazê-lo melhorar, já que ele não seguia nenhuma de suas ordens. Eustáquio não retrucou e até achou estiloso ter a letra feia, os médicos eram pessoas importantes e ninguém entendia bulhufas do que escreviam. Por que ninguém reclamava com os doutores? Ele era um zé ninguém! Afinal, que importância tinha as suas escritas para os outros? Todos só faziam o que bem entendiam mesmo. Nesse sentido Ëncarnácion não podia contestar, era a mais pura verdade. Eustáquio decidiu que não faria caderno de caligrafia nunca mais. Ëncarnácion não insistiu. O marido continuou com a sua contagem. Não contente em olhar apenas o calendário, pegou a calculadora do bolso e logo em seguida enfiou novamente no bolso. Piscou o olho três vezes, pensei que fosse uma espécie de sinal entre esposos, mas se tratava apenas de mais um tique. Espera, querida, não tenha pressa, acabei de me dar conta que hoje é segunda-feira e você sabe muito bem que eu não posso sair às segundas-feiras. Pode ficar sossegada meu bem, vamos esperar. Eustáquio disse isso enquanto despetalava um trevo de três folhas. Enquanto isso você poderia me trazer um cafezinho naquela xícara que eu gosto. Você sabe qual é né meu amor? Aquela florida, que tem 164 folhas desenhadas na borda superior. Ëncarnácion suspirou novamente e sentiu uma breve nostalgia. Não comentou nada. Revirou o armário em busca da maldita xícara. Começou a tremer só de pensar que a xícara poderia se espatifar no chão, caso isso acontecesse Eustáquio passaria o resto da tarde contando os cacos para descobrir previsões futuras. Por sorte a xícara continuou intacta. Levou um quarto de café para o marido, que a agradeceu efusivamente enquanto conferia se realmente tinha um quarto exato. De qualquer forma se sentiu aliviada por não precisar se deslocar ainda naquela tarde, afinal, sabia que não seria nada fácil nem barato convencer um caixeiro-viajante a mudar de trajeto atrás de uma tabacaria por causa de um capricho numérico do seu marido. Eustáquio pediu por obséquio que a esposa trouxesse mais um pouco de café, ele se sentia um tanto indisposto naquele dia, talvez a cafeína lhe trouxesse um ânimo. Ela se levantou e buscou mais um quarto de café, nem mais nem menos, pois sabia que qualquer coisa fora de medida poderia acionar as suas paranoias. Eu sorria por dentro, o meu tio era uma aberração! E isso me trouxe uma diversão inesperada. Sem perceber passei a contar a quantidade de figuras da toalha de mesa. Aos poucos, comecei a ver algum sentido na filosofia do meu tio. Ele não estava totalmente equivocado. Passei o resto daquele verão fazendo a contabilidade de todas as coisas da casa. Vez ou outra eu consultava a opinião do meu tio e aos poucos nasceu uma amizade improvável e abençoada pelo alinhamento raro de cinco planetas. Minha tia não via com bons olhos a minha aproximação repentina, considerou que eu tinha alguma intenção por trás do meu interesse. Obviamente ela estava errada, eu simplesmente passei a preencher os meus dias com anotações, contagens e filo-sofias inúteis. Era uma forma de fugir do tédio que sempre me foi imposto. Minha mãe costumava gritar: você é uma velha num corpo de menina! Ela tinha me dado o pior dos castigos, implantou dentro de mim a semente da velhice, a patologização da vida, de forma que desde criança eu já sabia, viveria a angústia de ter um corpo decrépito e arcaico. Sim, desde muito pequena eu montava num cavalo de pau imaginando que amanhã ele se transformaria numa muleta. Meu tio era a minha muleta. Geralmente vestia uma saia florida ao encontrá-lo, era divertido, ele passava metade do tempo fazendo a contagem das pétalas das flores, anotava, depois passava a contar as folhas, depois os caules, em seguida somava tudo e geralmente encontrava um número par que o acalmava. A sua contagem me causava cócegas, então, às vezes, eu ria sem parar enquanto ele passava as mãos suavemente pelas florzinhas para não perder a conta. Nessas horas eu me deitava no banco do jardim e ficava de bruços, de forma que ele passava a contar as florzinhas da parte de trás, vez ou outra, parava em alguma curva da minha bunda, pois se perdia no cálculo e começava tudo de novo. Costumava colocar uma calcinha sem estampas, desconfiava que ele pudesse ver o desenho por cima do tecido da saia e também fazer a contagem, apenas por um motivo numerológico, porém, isso poderia acionar a fúria de Ëncarnácion e eu não queria provocá-la, não por agora. Fazíamos esse ritual quase todos os dias. Depois da contagem, Eustáquio acendia um cigarro e sempre me perguntava a mesma coisa: você tem medo da morte? Eu dava a mesma resposta todas as vezes: Não. A morte não me era nenhuma surpresa, desde que nasci escutava minha mãe gritando em tom de ameaça: quando eu morrer, vocês vão chorar no meu túmulo. De forma que ensaiei as falas e as marcações que eu teria durante o seu velório. Você quer ouvir? Eu posso reencenar para você, ainda sei de cor. Ele balançava os ombros indicando que não fazia questão de ver a minha encenação. Apagava o cigarro e ia atrás da esposa. Devido às esquisitices do meu tio, logo supomos que Ëncarnácion copiou a irmã e não o contrário. Não é possível conceber que alguma mulher no mundo desejasse ter Eustáquio como esposo. Embora como tio estivesse se saindo muito bem e eu já esperava ansiosa entardecer só para ter as florzinhas da saia contabilizada. Não poderíamos jamais imaginar que tínhamos um parente desse estilo na família. A calça listrada possui um vinco impecável nas pernas. O seu visual é milimetricamente pensado, a calça combina com a camisa, a camisa combina com o sapato, o cinto com a armação dos óculos, o botão da camisa com o fecho do cinto. Não era de todo feio, desde que passei a conversar com ele percebi que de perto os seus olhos tinham um tom amarelado como os dos gatos selvagens. Sim, Eustáquio utiliza um fundo de garrafa na frente dos olhos. Míope, tenho que admitir, a miopia combina com o resto da sua personalidade. Não acredito que se enxergasse com perfeição faria diferença no conjunto da obra, até considero que Eustáquio preferia não se entreter com imagens nítidas demais. Na tarde ensolarada de uma quarta-feira de cinzas resolvi provocar uma reação diferente no meu tio. Cheguei com a mesma saia florida de costume, no entanto, tive o cuidado de retirar a calcinha debaixo. Eu costumava tomar o cuidado de vestir uma calcinha neutra, sem estampas, para não causar nenhum tipo de alvoroço no meu querido tio, aquele dia fiz diferente. Cheguei perto do meu tio e logo me sentei com a barriga para baixo e a bunda para cima. Ele achou graça na minha pressa e me deu um pequeno tapinha nas nádegas antes de começar a contagem. No início fez da mesma forma de sempre, saiu contando todas as pétalas, folhinhas e anotando na caderneta. Passou assim algumas horas, logo percebeu que tinha algo diferente, algo que nunca tinha visto antes, uma espécie curiosa de flor roxa. Falou o nome científico de algumas plantas totalmente desconhecidas, pegou a caderneta e anotou uma dezena de nomes. Eu não disse nada, mas ria secretamente, eu sabia que ele precisaria chegar bem mais perto da suposta flor para saber sobre a sua origem. Me fingi de tonta e perguntei se estava tudo bem, ele parecia um pouco perturbado. Claro, minha querida! Estou ótimo, apenas intrigado, nunca tinha visto nada parecido com isso. Ele continuou contando as pétalas, agora com um cuidado maior quando chegava ao redor da flor misteriosa. Contudo, a sua curiosidade de pesquisador fez com que ele pedisse licença e subisse levemente a minha saia florida. Eu senti um leve arrepio, mas não impus nenhuma resistência, sabia que o meu tio não sossegaria até descobrir como aquela espécie de flor se comportava ao toque. Quis ajudá-lo, então, empinei ainda mais a bunda. Meu tio ajeitou os óculos, que já estavam um pouco embaçados. Em seguida, soltou um grito: Meu Deus! Que impressionante, são duas espécies de flor! Uma totalmente diferente da outra! Desculpe, minha querida, mas terei que tocá-la. A ciência exige alguns sacrifícios! Meu tio enfiou delicadamente os dedos por dentro da minha buceta, depois ficou mexendo compulsivamente. Veja, essa planta verte muita água! No deserto deve ser uma delícia encontrá-la! Não contente, com a outra mão começou a enfiar os dedos no meu cu. Estava em estado de êxtase. Essa planta é ainda melhor que a outra! Que achado maravilhoso! Preciso fazer a contagem das pregas! Tirou as mãos por um minuto e anotou o número na caderneta. Pronto! Já fiz a contagem! Só vou colocar os dedos novamente para conferir se contei certo. Ficou mais quinze minutos escarafunchando minha buceta e meu cu. Antes de ele terminar soltei um gemido longo. Ele perguntou se eu estava bem, nunca tinha me visto ter espasmos. Acendeu o cigarro, me perguntou sobre a morte e antes que eu esboçasse qualquer resposta, foi atrás da esposa. Meu tio era uma figura interessante, embora se o encontrasse na rua fugiria dele como o diabo foge da cruz. Ele não abre a boca para nada, mal esboça insatisfação, algumas vezes tenta elaborar alguma frase de efeito ou emitir alguma opinião, no entanto, nunca termina, primeiro porque desanima no meio do caminho, segundo porque Ëncarnácion termina suas frases primeiro. Não a culpamos, afinal, é torturante esperar a sua lerdeza mental do meu tio. Sem contar que acumula uma pequena quantidade de saliva no canto da boca cada vez que tenta pronunciar uma frase. Nunca tenta limpar o canto da boca com o dorso da mão ou com o lenço, o que causa uma irritação ainda maior no interlocutor, principalmente porque vive com o lenço à mão, talvez utilize o lenço por causa de algum tipo doentio de superstição. Se esperássemos o ritmo da sua conversa o diálogo não acabaria nunca. Além disso, jamais abriu a boca para comentários geniais, as suas observações eram da ordem do ordinário, de forma que poderiam estar na boca de qualquer um, inclusive da sua esposa. Confesso que já não me irrito tanto com as suas conversas e até vejo sentido nas coisas ordinárias que fala. Ëncarnácion retoma a narrativa da boca do marido. Porém, ele não parece se importar com as interrupções constantes, pois quando a esposa fala acaba concedendo com a cabeça, como se ela tivesse lhe tirado um peso enorme das costas e passa a mão amistosamente em seus cabelos avermelhados, gesto obviamente que ela detesta, retira a mão do esposo com uma raiva incontrolável. Não aparenta nutrir nenhum tipo de afeto e não suporta ser tocada. Ou gosta do marido e possui um tipo de loucura diferente da dele. Eustáquio finge demência e continua no seu embotamento habitual. De longe parece um boneco de cera mal--acabado. Um pernilongo pousa no seu fuço, no entanto, ele não percebe, continua paralisado feito um animal em choque. A sua boca volta a aparência normal, seca e selada. Vez ou outra enrola um cigarro que jamais vi colocar na boca. É bem provável que nunca tenha experimentado um cigarro na vida, talvez o gesto de enrolar seja uma distração ou um dos seus tiques. Não sabemos até onde vai o seu amor pela esposa, por vezes, desconfiamos que se trata de uma dependência social, já que ele é um bicho do mato e sem a esposa do lado provavelmente não consegue nem girar a maçaneta de uma porta sozinho. Não possui nenhum tipo de destreza corporal e soa até impressionante o fato de conseguir perambular sozinho sem se perder. Parece pouco provável que consiga ritmar corretamente o balanço dos braços e das pernas. Não me assustaria se descobrisse que ele possui um mapa acoplado em algum lugar do corpo para se orientar. Esses dias demorou duas horas no trajeto do quarto até a cozinha. Admito que não me impressionei com o fato, combinava com Eustáquio, espantoso seria se conseguisse atravessar de um cômodo a outro sem dificuldades. Ëncarnácion certa vez até cogitou prender um sininho no seu pescoço, igual aqueles colocados para que as vacas não se percam, depois desistiu, Eustáquio não usaria um acessório que não combinasse com o resto da sua vestimenta. Achou melhor apenas ficar atenta aos seus trajetos. Deu de presente a Eustáquio uma agenda com um mapa atrás, caso um dia precisasse. Duas horas e meia e nada de Eustáquio voltar para o quarto. A esposa manteve uma cara de nítida preocupação. Não poderia ficar deitada esperando o pior. Olhou para o calendário e procurou um número que justificasse a sua histeria, não encontrou nada. Abriu o guarda-roupa e pegou um penhoar vermelho, gostava de vermelho. Arrancou a camisola. Apesar de não ser tão jovem os seios ainda se mantinham duros e fartos, genética da família, deu uma pequena apalpada e sentiu um leve tesão, começou a roçar levemente os dedos nos bicos, a excitação aumentou, encheu os dedos de saliva, sentou na beira da cama e tocou uma siririca, gozou. Vestiu um penhoar por cima do corpo nu. Não quis nos alarmar, mas saiu como uma lunática para procurá-lo, já certa que teria de acionar a polícia. Não era a primeira vez que ele se perdia, já tinha feito isso antes em casas bem menores, como se tratava de uma pensão, não se assustaria caso ele ficasse dias sem aparecer. Uma vez se perdeu no parque estadual, ficou duas semanas comendo plantas que encontrava pelo caminho, chegou em casa magro, desidratado e com um coelho a tiracolo, pensou em comê-lo para não morrer de fome, mas se afeiçoou ao bicho, ficou mais duas semanas no hospital a base de soro. Enquanto estava no hospital Ëncarnácion fez um prato especial *coniglio ala cacciatora*. Eustáquio procurou o seu animalzinho de estimação assim que saiu da internação, a esposa lamentou muito e disse que coelhos são selvagens e ingratos, o bicho tinha fugido e voltado para o parque. Eustáquio ficou com os olhos cheios d'água, mas entendeu que não poderia prender um bicho por puro capricho. Ëncarnácion considerou aquele gesto muito nobre e teve um pequeno enjoo matinal no dia seguinte. Entretanto, dessa vez o desfecho foi diferente, o esposo não tinha saído de dentro da pensão, assim que entrou na cozinha encontrou Eustáquio confuso tentando abrir uma lata de sardinhas com a faca, obviamente conseguiu apenas um talho de dez centímetros na palma da mão, o que aparentemente o deixou muito satisfeito, pois se tratava de um número par e estávamos no décimo mês do ano, o que indicava que em breve ele seria inundado por notícias maravilhosas. Pegou o jornal e confirmou a sua sorte através das previsões astrológicas, o sol acabava de entrar em Netuno ou Marte, não teve certeza, porque na agitação com a lata de sardinha tinha esquecido os óculos em cima da mesa. Sim, estava inundado de boa sorte, embora não enxergasse um palmo à frente do nariz. Ninguém fez questão de contestá-lo. Estávamos acostumadas a lidar com alienados. Não era proveitoso contrariá-los. Tomamos um copo de água enquanto observávamos a cena. A esposa o escutou pacientemente enquanto estancava o sangue e improvisava a costura com uma agulha e uma linha caseira. Conhecia o marido como ninguém, sabia que não permitiria uma linha branca, por isso, escolheu de cara a linha vermelha. Eustáquio não reclamou, orientou que prestasse atenção máxima, se errasse na quantidade de pontos arruinaria o seu destino. Decidiu se calar e não contrariar as ideias malucas do marido. Terminou a costura e endireitou as costas, Eustáquio limpou os óculos com a ponta da camisa e se colocou a contar repetidamente os pontos e toda vez que fazia isso escancarava um riso de alegria, não tinha como não se dar bem depois desse corte, a matemática jamais mente! Olhou ao redor e estava novamente sozinho, como se tudo não tivesse passado de um sonho. Levantou da mesa e tentou atravessar a cozinha, mas se lembrou de que o trajeto era muito complicado. Talvez se tivesse nascido um dia depois a sua vida teria sido totalmente diferente. A posição planetária e todos os números das coordenadas seriam outros. Latitude, longitude, distância em relação ao trópico de Câncer, o ângulo dos ponteiros do relógio, absolutamente tudo seria diferente. Quem sabe não teria sido um físico genial ou um inventor de geringonças. Sim, melhor seria um inventor de geringonças. Mas, não se deve chorar pelo leite derramado, ou melhor, pela placenta derramada. O dia do seu nascimento determinou a sua personalidade e era uma personalidade confusa, ele era o tipo de homem que só conseguia acender a boca do fogão depois de desperdiçar dois palitos de fósforo. Foi repreendido inutilmente a infância inteira pela sua mãe por causa do desperdício. No entanto, não tinha culpa. Não tinha como lutar contra a força da natureza. Continuou matutando enquanto pensava em estratégias eficazes para abandonar a cozinha. Contudo, só tinha vontade de sentar e chorar feito um bebê de colo. Deveria ter chamado a esposa para acompanhá-lo. Ëncarnácion sempre sabia o que fazer. Diferente dele que se perdia em divagações eternas. Porém, em um pequeno acesso de independência resolveu ir sozinho. Queria provar que poderia viver apesar dela. Sabia que aquilo não poderia dar certo! Maldita hora! O crime não compensa. Agora ficaria ilhado. Começou a estalar os dedos das mãos, na décima primeira tentativa fracassou. As falanges estavam fatigadas, não faziam mais nenhum ruído. Não havia mais ossos para estalar, ainda tentou em vão uma virada de pescoço, voltou para os dedos. Desistiu e ao invés de insistir com as mãos achou mais fácil tirar cera do ouvido, quando terminou a sujeira de um, passou para o outro e assim sucessivamente, até que ficou com as duas orelhas completamente limpas. Respirou um pouco mais tranquilo. No entanto, continuava perdido feito um náufrago recente. Ficou se perguntando quem tinha inventado a planta da casa, com certeza não queria facilitar a vida de ninguém, um verdadeiro buraco de tatu. Deveriam ter colocado algumas placas indicando a saída, não tinha nada, no lugar das placas ele viu que havia três batentes sem portas, confundindo ainda mais a sua cabeça, eram passagens abertas, teria que fazer uni dune dê e decidir em qual arriscaria. Sabia que tinha passado por uma espada de São Jorge antes de chegar, porém, não havia sinais de nenhuma planta por perto, a não ser um cacto na janela. Se ao menos o piso fosse parecido com um tabuleiro de xadrez, não era, era um piso sóbrio, sem desenhos e com poucos recortes, lembravam a pintura de um artista fracassado ou de uma criança de cinco anos. Não combinava com nada. Estava evidente que tinham a intenção de não deixar ninguém se virar sozinho, só era possível andar com um guia. Deveria ter rascunhado um mapa improvisado. Assim teria ideia de como abandonar a cozinha. Afastou um pouco a cadeira e ficou rabiscando a mesa com a ponta da faca. Não tinha a intenção de abrir outro talho, embora a ideia parecesse tentadora. Não era suicida, não sabia o porquê pensava naquilo. Nunca teve ânimo para tirar a própria vida e raramente mudava de humor. Tinha uma personalidade estável, pelo menos era o que aparentava. Parou para olhar os rabiscos do piso novamente, não se pareciam com nada, pelo menos o distraíam da sua intenção de fuga. O relógio analógico não ajudava, tinha parado de novo. Não fazia mais ideia de quantas horas tinham se passado desde que decidiu sem sucesso abandonar a cozinha. Resolveu esperar a boa vontade da esposa. Se é que Ëncarnácion ainda tinha alguma boa vontade. Talvez já estivesse cheia das suas manias. Que pensamento! Ele não se sentia um fardo, não, ele não era um fardo, pelo contrário, sabia que a esposa gostava daquela dependência e provavelmente se descabelaria só de supor que Eustáquio poderia viver perfeitamente bem sem ela. Imagina! Arrepiava só de pensar! Onde já se viu! Bobagem! Não acreditava que houvesse algum relacionamento que não se apoiasse em uma dependência de qualquer ordem. Aliás, dificilmente uma relação sobreviveria se as pessoas possuíssem plena independência. Éramos um bando de mancos! Todos à procura de algo para se pendurar. Não costumava se afligir com esses assuntos. Vivia um dia de cada vez e se ninguém tocasse no assunto jamais teria perdido tempo pensando sobre ele. Além disso, se quisesse, conseguiria viver sem ninguém, só não queria. Simples assim! Na verdade, ele até cogitou que se viraria muito bem sozinho. Teve um leve arrepio ao se imaginar dormindo numa cama de solteiro, tinha se acostumado com o tamanho da cama de casal. Mas, claro, não era nenhuma criança, poderia perfeitamente viver sozinho, afinal, tem vários amigos solteiros e que se mostram extremamente satisfeitos, inclusive, chegam a admirar o fato de Eustáquio jamais reclamar da esposa ou pensar, ainda que remotamente, numa separação litigiosa. Alguns indivíduos têm brotoejas quando escutam falar em compromisso. Aliás, é impossível imaginar algumas pessoas tendo que dividir o mesmo espaço com outra pessoa. Colocou as mãos no bolso e encontrou meia dúzia de promissórias. Com o casamento veio os compromissos, dívidas que não acabavam mais e a burocracia cotidiana que o afeto em conjunto proporcionava. Não tomava mais nem um banho sem antes calcular quanto gastaria de água e energia. De qualquer forma Eustáquio sentia-se feliz. Sentia-se um ser apaziguado. Não esperava grandes sustos. A sua felicidade podia ser comparada a de um aleijado que consegue andar sozinho, mas se sente mais seguro sabendo que tem uma muleta dentro da despensa. Ao menos a sua muleta tinha uma bela bunda! Continuou sentado, quase imóvel, esperando a sua amada. No final das contas ele estava fazendo um favor a ela, sem ele certamente morreria de tédio. Ëncarnácion era muito sensível ao tédio, sua cabeça precisava estar sempre ocupada, caso contrário, caía em tremenda depressão. O esposo a mantinha distraída. Eustáquio não se incomodava com a mornidão do casamento. Aliás, até preferia saber que amanhã não seria tão diferente de ontem, isso proporcionava uma tranquilidade que ele apreciava. Já Ëncarnácion não suportava a mesmice e não havia repetição tendo Eustáquio como esposo. Eustáquio estava satisfeito. Hoje não era um dia qualquer. Levou os dedos ao redor do corte. Era bonito de contemplar, parecia aquelas obras artísticas contemporâneas, que não se entende nada, mas que cada espectador encontra uma análise inteligente para se gabar. Não Eustáquio, ele não apreciava arte, achava uma perda de tempo, preferia jogar runas. Como era boa a vida conjugal! Passou o resto da semana contemplando a própria costura, volta e meia recontava os pontos, só para se certificar de que não tinha perdido nenhum. Por um instante desejou ter outros cortes iguais aquele ao longo do braço. No entanto, não teve coragem de se cortar de propósito, parecia algo errado a se fazer. Talvez fosse um pouco incômodo ou dolorido, porém faria com que tivesse muitas contas para resolver. Certamente seria um matemático se não tivesse que perder tanto tempo com contas diárias. Fora o cálculo dos juros compostos, sempre acabava esquecendo a fórmula e tendo que recorrer a contas mais extensas para chegar no mesmo resultado. Pensou que talvez tivesse puxado a algum tio-avô, pois não se lembrava dos seus pais se dedicando à matemática. Lembrava que a mãe costumava rascunhar algumas listas de compras, enquanto o pai saía riscando os gastos desnecessários. Invejava quem tinha pais importantes, os seus não passavam de uns lambe-botas, eram pessoas simples e se chegaram a ter algum pensamento genial um dia nunca compartilharam com ninguém, de forma que quando morreram Eustáquio mal sabia o que colocar na lápide. Acabou utilizando uma frase tirada de um para-choque de caminhão: "Às vezes, é melhor ficar quieto e deixar que pensem que você é um idiota do que abrir a boca e não deixar nenhuma dúvida". Depois considerou que a frase não era muito apropriada para uma lápide, mas já tinha mandado fazer e daria um trabalhão danado fazer outra. Além disso, o pai não sabia ler enquanto vivo, não deve ter aprendido depois de morto. Esqueceu o assunto. Olhou novamente para o ferimento.

Lamentou um pouco que fosse apenas um mísero corte. Mesmo assim continuou contemplando a sua ferida, se havia uma coisa no mundo que era completamente dele era aquele corte. Ninguém ousaria tirar dele. Sentiu-se rei do próprio corpo. A sua satisfação era tão grande que resolveu passar as tardes na varanda resolvendo os trinta sodoku que trouxera consigo da viagem, jamais saía de casa sem um sodoku. Olhando de longe víamos um homem de espírito calmo, com um talho na mão e um focinho na cara. No entanto, se déssemos um zoom nos assustaríamos com a complexidade da mente de Eustáquio, era bem possível que precisaríamos pular uma série de pisos quadriculados para chegar até os seus pensamentos. Ëncarnácion retoma a paz espiritual e continua tagarelando sobre a vida matrimonial. Embora detestasse o casamento se divertia contando a sua bravura em conseguir manter tudo funcionamento perfeitamente. Obviamente pouco fala da sua vida desregrada de solteira, pois tem medo que a lembrança a empurre para o divórcio. Embora Eustáquio seja igualzinho Don Silvério, ao invés de um nariz tem um focinho na cara, o que explica muito da sua submissão em relação à esposa. Não achei nada surpreendente, já escutei histórias de bebês que nascem com rabo de porco ou pé de cabra, ter um focinho não me pareceu grande coisa. Embora aquele fuço estampado na cara seja assustador. Claro que é preciso cuidado redobrado quando ele tem crises de alergia, pois é espirro e saliva para todo lado. Eustáquio toda hora batia três vezes na madeira, era irritante! O tique durou até o dia em que foi num curandeiro ou psicanalista, não me lembro bem e foi sugerido que levasse um pregador no bolso, sendo assim sempre estava seguro, bastava a gente proferir uma desgraça hipotética e ele se munia do pregador, batia três vezes, enfiava no bolso e depois fazia o sinal da cruz. Nada como um bom psicanalista! O miserável estava curado! Eu gostava de histórias de homens fracassados, confesso que os homens de sucesso quase sempre me entediam e se insistem em contar suas vantagens infindáveis começo a bocejar sem parar e sem perceber adormeço no meio de alguma narrativa épica. Se eu fosse escolher um herói com certeza ficaria com Don Quixote. Eustáquio era o meu tipo preferido. Não tinha um gato para puxar pelo rabo, mas era genial, embora ninguém soubesse disso, já que era preguiçoso demais para esboçar sua genialidade por aí. Talvez se tivesse um intérprete mental a sua altura conseguisse desenvolver tecnologias avançadas, no entanto, tinha apenas a esposa, que não estava disposta a entender seus jogos mentais e suas invenções mirabolantes. Além disso, Ëncarnácion não entendia bulhufas de cálculo avançado, mal sabia a tabuada do dois, detestava a área de exatas, aprendeu o mínimo para roubar nas contas sem ser notada. Nem se quisesse conseguiria auxiliar o marido nos seus projetos futuristas. No entanto, Eustáquio não parecia se aborrecer com a alienação matemática da esposa, pelo contrário, sempre a olhava com um ar de admirado. Eustáquio não me entediava, provavelmente nunca dormiria ao seu lado, além disso, com certeza sua esposa não permitiria tal liberdade. Ainda que não fizesse outra coisa a não ser diminuir o próprio marido, não toleraria que outra mulher ousasse se embrenhar no meio das pernas de Eustáquio. Não é porque desprezamos um objeto que temos vontade de reparti-lo com outra pessoa que poderia fazer melhor uso daquilo. Confesso que, de toda forma a ideia me deixa um pouco enjoada, fico com o estômago todo embrulhado. Fora isso, Eustáquio levaria uma década até perceber que estava sendo paquerado. Depois tentaria formular um discurso ético sobre lealdade, o que levaria uma tarde toda. Me canso só de imaginar. Observava o seu rosto e imaginava que deveria ser bem incomodo quando estava gripado, afinal, era possível ver com nitidez todos os pelos das suas narinas, seu nariz parecia uma tomada gigante. Se conhecêssemos apenas a sua personalidade não adivinharíamos que foi feito da mesma forma de Don Silvério. Tinha a voz aveludada de um carneiro. Contudo, ao se deparar com ele era quase impossível não escutar o grunhir de um porco. Um porco asseado e manso,

EM-NOME-DO-PAI • (TRILOGIA INFAMILIAR) 121

é claro. Vestia uma camisa de um branco impecável, chegava a dar dor nas vistas. Não conseguia desviar o olhar do seu nariz, sei que não é uma atitude nem um pouco educada, mas é impossível controlar o meu fetiche de vê-lo inspirar e expirar pausadamente. Ëncarnácion continuou tagarelando, enquanto Eustáquio, meio atordoado apenas balançava a cabeça com uma concordância ou talvez não concordasse com nada e balançava a cabeça para compensar o peso do nariz. Devido ao nervoso, respirava fundo, o que nos deixava apavoradas, pois dava a impressão que a sala ficaria sem ar. Assim que ele terminava de inspirar todos ficavam aliviados. Por incrível que pareça o ar não tinha sido consumido por inteiro. Colocávamos as mãos nos respectivos narizes e agradecemos por não termos herdado essa falha de família. Já trazíamos muitas outras desgraças, decerto não tão assim na cara. Tínhamos narizes retos e pequenos, o que poderia fazer com que suspeitassem que tínhamos crises recorrentes de asma, no entanto, éramos completamente saudáveis, respirávamos sem nenhuma dificuldade e raramente sofríamos com algum resfriado. Ëncarnácion falava e gesticulava com as mãos. Às vezes, olhava para Eustáquio e parecia ordenar qualquer coisa que não dominávamos, ele tampouco, pois continuava parado com uma cara de paisagem morta. Era difícil imaginar que os dois se amassem durante a noite. Ëncarnácion tinha o corpo bem feito e com certeza era fogosa, se fosse puta seria muito disputada pela clientela. Já Eustáquio... melhor não pensar... A mulher começou explicando que o matrimônio não era tarefa para qualquer um, era compreensível que poucos quisessem se aventurar, mas, felizmente, estava habituada a contornar as desgraças do marido. No fundo, bem no fundo, era um homem bom, talvez não um verdadeiro filantropo, entretanto, já tinha tido namorados bem piores. O último noivo, antes de conhecer Eustáquio, a deixou num hotel dentro de uma banheira de gelo, tirou seu rim e vendeu no mercado clandestino. Denunciou o noivo à polícia, mas não o encontraram e ainda culparam a vítima pela desatenção! Como não tinha percebido que o noivo trazia uma maleta cheia de instrumentos cirúrgicos??? Ëncarnácion alegou que estava acostumada com as práticas de bondage do noivo, imaginou que o corte com o bisturi seria superficial e confessou que estava até empolgada com a brincadeira. Estranho para uma mulher aparentemente tão inteligente! Não existe ninguém perfeito, ela lamentava e colocava a mão na buceta que estava encharcada devido ao relato. Embora fosse um crápula, nunca encontrei outro homem que fodesse tão bem quanto o meu noivo infrator e talvez até continuasse com ele se não tivesse tanto medo de perder o outro rim. Porém, qualquer idiota sabe que a paixão leva a gente à merda. O pior tipo de homem é aquele que sabe comer bem uma mulher, normalmente faz o que bem entende com ela, o coração das mulheres fica na buceta. Falava com a cabeça para cima, revivendo com certeza cenas picantes, pois continuou esfregando a buceta com os dois dedos maiores e depois de alguns minutos soltou um gemido estridente. Obviamente, fingi não perceber, contudo, eu também me tocava por debaixo da mesa, gozei gostoso em silêncio imaginando o pau do ex-noivo da minha tia. Ëncarnácion enxugou os dedos molhados de gozo na barra da saia. Continuou falando como se não tivesse acontecido nenhuma interrupção. Apesar dos pesares, sabia que o marido tinha tirado a sorte grande, se não a tivesse encontrado teria se tornado um solteirão amargurado e cheio de manias que limitariam a sua vida social. Não é qualquer mulher que compreende essa maluquice de contar degraus, pular pisos escuros e bater três vezes na madeira. Eustáquio bateu três vezes no pregador que se encontrava dentro da camisa do paletó. Olhou a esposa como quem observa um ratão do mato. A sua mulher era bonita e geniosa. Eustáquio se incomodava demais com o próprio tique e por sugestão minha (sempre fui a mais inteligente dos dois, não que queira me gabar de tal fato, é apenas uma constatação óbvia) procurou ajuda profissional. Ëncarnácion não via com bons olhos médicos de cabeça, em geral, eram todos tresloucados. Como poderiam ajudar alguém se mal conseguiam vestir seus paletós sozinhos? Talvez fosse puro preconceito da sua parte. Tirou o paletó do encosto da cadeira e vestiu com maestria. Não era médico. Tentou desviar o pensamento daquilo, estalou três vezes cada dedo da mão, logo, esqueceu das suas ressalvas contra os psicanalistas. Olhou para a esposa e sentiu um afeto incontornável. Tinham se conhecido num dia ímpar, quase impossível um amor naquele dia não vingar. Vingou! Tinha um casamento sólido, não podia reclamar. Olhou novamente para a esposa e a boca de Ëncarnácion continuava numa dança sinuosa. O amor se manifestava nas mínimas coisas, pensou. Faria qualquer coisa para agradá-la. Não foi fácil admitir que realmente tivesse um problema, afinal, não tinha nenhum sintoma concreto, apenas uma mania incontrolável de contabilizar a vida. Claro que antes tentou um banho de descarrego, mas os tiques eram imunes a pais de santo. Resolveu escutar o conselho de sua sábia e chata esposa. Tomou um banho frio, cuspiu quatro vezes no ralo, contou até três antes de sair do chuveiro, pulou os pisos quadriculados até chegar no quarto, colocou seu melhor terno e deu dois nós na gravata. Estava pronto para sair de casa, girou a chave cinco vezes, antes que atravessasse a soleira se lembrou que dava azar sair de segunda-feira, voltou para o quarto, não antes de contabilizar os passos até a beira da cama, colocou o pijama e deixou a consulta para o dia seguinte. Acordou, colocou o pé direito no chão e só depois de contar até três, desceu o pé esquerdo. Tomou novamente o seu banho frio, cuspiu quatro vezes no ralo, contou até três antes de sair do chuveiro, pulou os pisos quadriculados até chegar no quarto, colocou seu segundo melhor terno, deu dois nós na gravata, girou a chave cinco vezes e ficou feliz, afinal, era terça-feira. Nada de mau acontecia às terças-feiras. Pensava aliviado nessa afirmação que sempre lhe pareceu razoável. No entanto, assim que chegou no farol se recordou que na infância o seu cachorro de estimação foi morto por um motorista bêbado, sim, agora se lembrava perfeitamente, era uma terça-feira. Como conseguiu esquecer esse fato por tantos anos? Sentiu dó do cachorro, contudo, já não lamentava a sua morte. De repente se deu conta que não gostava de cachorros. Talvez gostasse mais de gatos, mas não tinha tanta certeza. Afinal, dizem que gatos dão um azar danado, principalmente se forem pretos. Não entendia exatamente o motivo, já que preto era uma ausência de cor. Deu o fato por encerrado. Assim que abriu o sinal deu meia volta e retornou ao apartamento. Não era um bom dia para iniciar uma terapia, deixaria para a quarta-feira. Sim, quarta-feira era o dia mais apropriado. Nada de ruim acontecia às quartas-feiras. Além disso, era o dia que a sua mulher preparava bolinhos de chuva.

Inicialmente tentou um analista freudiano, pois escutou maravilhas sobre a associação livre, era capaz de curar qualquer um, se tinha curado até a mais infeliz das histéricas, o que dirá ele? Um simples neurótico, que apenas precisa de uma madeira para bater de vez em quando. Depois de meses de terapia o analista se irritou e jogou o tampo de madeira nas fuças de Eustáquio, bastava o analista pronunciar uma ou duas frases e o paciente começava a bater três vezes na mesa. No fundo Freud não passava de um tarado enrustido. Frustrado com o resultado da associação livre, pediu conselho a um velho amigo rabugento e como todo bom rabugento ele jurou de pés juntos e se benzendo quatro vezes, que não havia nada mais eficiente do que um psicanalista com orientação junguiana, pode acreditar em mim, eu tinha uma dor nos quartos mais um ciático fora de esquadro, algumas sessões e eu era um homem completamente novo. Na verdade, na verdade, eu nunca tive nada na coluna, não passava de uma memória coletiva mal trabalhada. Falava o meu amigo enquanto esfregava o pé das costas com um unguento fedorento. Claro, agora tinha dores na conta bancária, você sabe, um psicanalista ou psicólogo dos bons custa caro, mas quem podia ter tudo na vida? Eustáquio achou a colocação do amigo razoável, ainda mais porque sabia que ele era um mesquinho de marca maior, não abria a mão nem para dar tchau. Achava até admirável que tivesse tido coragem de pagar um analista! Não combinava com a sua mesquinhez. Não duvidava da eficácia da terapia, já que nunca tinha visto ninguém antes tirar um tostão sequer do dito cujo! Inclusive, era virgem, considerava que as mulheres eram uma fonte inesgotável de desperdício, incluindo as mulheres de vida fácil, tá certo que gastavam bem menos do que as esposas, mas ainda assim eram sacos sem fundo. Se o amor não podia ser gratuito como um passe de ônibus para idosos, ele não precisava de amor. Bastava o mito do amor próprio. Era adepto da masturbação, já que lhe custava apenas algumas gotas de cuspe e duas folhas duplas de papel higiênico. Optou, voluntariamente e em benefício próprio, pelo celibato e cada vez que encontrava com a mulher de Eustáquio fazia o sinal da cruz e agradecia por ter sido tão sábio! Aquela mulher era o próprio diabo de saias e com certeza custava uma fortuna! Tinha pena de Eustáquio, estava definitivamente amarrado, com certeza gastava horrores com aquela vadia gostosa. Evidentemente já tinha algumas vezes utilizado o rabo apetitoso de Ëncarnácion para bater uma punheta, e que punheta! Nesses dias costumava utilizar quatro folhas duplas de papel higiênico ao invés das duas costumeiras. Obviamente nunca confessou ao amigo a sua mania secreta. Não tinha motivos para jogar fora uma amizade tão sólida e que não lhe custava um tostão.

Além disso, Eustáquio poderia dormir sossegado, jamais tentaria roubar a sua esposa, o máximo que poderia acontecer era lhe dar uma encoxada, se assim ela permitisse. Se o casamento de Eustáquio estava por um fio por causa de suas manias ele não deveria pensar duas vezes. Enfim, o amigo afirmou categoricamente que nunca tinha se sentido tão bem! Ele poderia ser um unha de fome de marca maior, mas não era um mentiroso. Ele não recomendaria se realmente duvidasse da eficácia do inconsciente. Você conhece os arquétipos? Se não conhece dê uma pesquisada e entenderá sobre o que estou falando. A psicanálise definitivamente era a pérola do século. Não me admira que as pessoas troquem Deus pela psicanálise! A psicanálise era uma religião muito mais eficiente, segundo meu companheiro, sem contar que não tinha tantos dogmas e nem se valia de um Deus bondoso e tapado. A psicanálise jamais defendeu a vida a dois, pelo contrário, considerava o casamento um prego no sapato. O casamento era uma fuga para os espíritos fracos. Graças a Deus, ops, à psicanálise ele estava completamente livre. Não conseguia imaginar o que seria da sua conta bancária se não tivesse tido o auxílio de um doutor para abrir os seus olhos sobre os malefícios da vida conjugal! A terapia não foi nada barata, mas não se comparava ao que um casamento poderia me custar! Claro, sabia que não era o caso do Eustáquio, que era muito bem casado, ou ao menos julgava que era. O amigo realmente esperava que a psicanálise não acabasse com a sua vida conjugal, pelo contrário. Ele não entraria em tal discussão, não tinha o intuito de desmanchar a ilusão de ninguém, exceto a própria. Nunca se esqueceria daquele rabo suculento, se não fosse tão precavido teria enfiado a mão por baixo da saia de Ëncarnácion, colocado sua calcinha de lado e socado gostoso, duvido que tiraria meu pau de dentro, tem uma cara de safada, não engana ninguém. Só de lembrar o seu pau deu uma enrijecida. Que pensamento mais absurdo! Uma loucura dessas poderia lhe custar o amigo e pior, uma fortuna em dinheiro, se a esposa do amigo resolvesse o chantagear com a história. Outro amigo poderia encontrar facilmente, mas e os juros do banco??? Um assalto! Demoraria anos para recuperar o patrimônio! Dizem que na Suíça os impostos são baixíssimos, infelizmente, não era suíço. Bem, não se apavore, o caso do amigo parece muito mais simples do que o meu! Pode ter certeza que não vai se arrepender! Você ainda virá aqui beijar meus pés por causa desse conselho tão acertado! Olhando assim para cara dele era difícil acreditar naquela história mágica de psicanálise, afinal, ele tinha a cara tão velha quanto um maracujá de gaveta, no entanto, Eustáquio não estava em condições de duvidar, não aguentava mais a dependência de eventos externos para se tranquilizar internamente, arrancou uma caderneta de notas do bolso e anotou embaixo da segunda linha o telefone e o endereço do dito cujo, como todo bom neurótico Eustáquio saia de casa com um isqueiro, uma caderneta e uma caneta, nessa época ainda não conhecia as maravilhas dos pregadores, obviamente antes de deixar a casa conferia o gás, as janelas e vez ou outra perdia dez minutos verificando se tinha mesmo dado quatro voltas e um quarto na fechadura. Eustáquio quase abriu um sorriso esperançoso, depois se deu conta que nunca sorriu e mal sabia como fazer isso, se contentou em esboçar um risco na cara. Ficava melhor com a cara lisa. Não via a hora de encontrar com o famoso doutor, sabia que dessa vez daria certo e se livraria de vez dos seus tiques irritantes. Não aguentava mais ter que fazer contas o dia todinho. Está certo que sempre se destacou nas exatas, mas daquela forma não era possível ter uma vida normal! E não me venham falar sobre os benefícios de uma vida ordinária! Mal conseguia controlar a ansiedade, estava empolgado para compartilhar com a esposa o seu achado. Logo depois deu uma desanimada, sabia que a esposa detestava médicos, considerava que eles eram esnobes e sabiam menos do que deveriam saber. Ele nunca soube se a esposa estava certa ou se tratava apenas de uma afronta sem sentido, sem contar que Ëncarnácion não ficava doente, passava todas as estações imunes a alergias ou resfriados, costumava dizer que tinha puxado o seu pai. Ficou torcendo para que a esposa estivesse equivocada, pois ele precisava ser curado. Depois de alguns minutos relembrando de alguns casos famosos de médicos picaretas deu uma leve entristecida. Assim mesmo não perdeu as esperanças de ser salvo. Todas as noites sonhava que estava em uma sala branca e deitava confortavelmente em um divã vermelho. A sala era ampla e tinha um quadro gigantesco do Jung fumando um cachimbo. No meio do sonho logo percebia que não era real, afinal, quem aparecia em todas as fotos com cachimbo era Freud. Depois descobriu que as coisas não eram tão gloriosas, o seu psicanalista atendia num cubículo cheirando a mofo e tinha um sofá reformado nem um pouco confortável, nessa hora entendeu porque o amigo gostou tanto do psicanalista, era um unha de fome como ele. No primeiro dia, ele foi para uma primeira avaliação, o psicanalista exigiu uma consulta prévia, ele não aceitava qualquer paciente. Esperou num corredor fedorento, tentou beber um pouco de água para se acalmar, mas viu uma placa escrita à mão que o paciente deveria trazer sua própria garrafa de água. Em seguida viu uma barata caminhando em direção ao cubículo, passou confortavelmente embaixo da porta. Não se admirou que a barata estivesse magra a ponto de passar por baixo da porta, não deveria encontrar restos de comida por ali. Assim mesmo considerou que aquilo talvez fizesse parte do tratamento, afinal, talvez um conforto excessivo não o fizesse se curar dos seus traumas infantis. Embora pouco se lembrasse de ter tido uma infância. Desconfiava que nascera velho e cheio de manias. Lembrou da esposa e das suas recomendações sobre a classe médica. Desviou o pensamento. Queria se curar, não iria desistir agora. Eustáquio começou o tratamento após três semanas, em uma terça ensolarada, primeiro porque não começava nada na segunda-feira, depois porque as duas terças anteriores estavam nubladas e ele acreditava que podia dar mau agouro começar num dia sem sol. Fora uma ou outra sessão que Eustáquio não compareceu por óbvios motivos neuróticos, ele estava se dando muito bem com o doutor Capistrano, toda sessão saia com uma mandala nova e dois ou quatro arquétipos debaixo do braço, a sua obsessão por bater na madeira parecia que estava passando. Contudo, depois da décima sessão fazendo mandalas e pendurando na parede da sala para se gabar dos seus progressos, Ëncarnácion num momento de evidente tensão pré-menstrual arrancou todas as suas mandalas e colocou fogo. Ela descobriu porque o tratamento estava supostamente funcionando, Eustáquio fazia todas as mandalas em MDF e assim que o doutor falava algo desagradável, ele batia discretamente embaixo da mandala. Ou seja, não estava curado coisa nenhuma. Depois desse triste episódio de incompreensão conjugal, tentou um terapeuta reichiano, mas a técnica se mostrou ineficaz para o seu caso, com o inconveniente que o terapeuta se apaixonou por Eustáquio na primeira massagem orgástica, parece que ele tinha o membro extenso e perfeito, nunca o terapeuta tinha presenciado tamanha perfeição, no final das contas, Ëncarnácion ficou extremamente irritada com o terapeuta e lhe deu uma surra, pois para ela pouco importava que tivesse sido discípulo de Reich, o terapeuta não passava de uma puta. Foi assim que Eustáquio resolveu procurar a TCC, terapia cognitivo comportamental, aliás, muito mais eficaz, o paciente não precisou fazer uso do seu membro orgástico, apenas gastar com meia dúzia de pregadores, porque a madeira deles é bem vagabunda e é preciso de tempos em tempos substituir o pregador do bolso da camisa. No final das contas, o pai de santo estava certo quando sugeriu os pregadores. Assim mesmo, Ëncarnácion ficou mais sossegada, não via no terapeuta comportamental um grande rival, era inofensivo como uma mosca de padaria. Evidentemente Ëncarnácion não precisava de nenhum tipo de intervenção analítica, era um exemplo de mulher em plena saúde psíquica, talvez sua única insanidade fosse ter casado com Eustáquio durante uma paixão de carnaval.

PARTE II

Crime e castigo

Capítulo 1

Noah, a hermafrodita ☿

Noah caminhava pelo povoado como se tivesse nascido dentro dele, não era possível deduzir que se tratava de um forasteir☿. A não ser, é claro, se ousasse abrir a boca, na hora seria desmascarad☿. Parecia aquelas plantas rasteiras que não damos muita confiança e por isso mesmo se alastra facilmente. Já não sabíamos como arrancá-l☿ da vizinhança. Já tínhamos acostumado a olhar a estrada a sua procura. Noah tinha uma voz agradável que se confundia entre o grave e o agudo. Conhecíamos a sua voz, embora nunca tenhamos travado nenhum tipo de diálogo nem mesmo tínhamos descascado batatas junt☿s. Ao longe podíamos avistar que el☿ tinha uma campainha pendurada na garganta, os antigos costumavam chamar de úvula. Nunca tínhamos visto aquela espécie de apêndice em nenhum outro animal, logo, concluímos que Noah era tão humanꞫ quanto nós. Não que tivéssemos algo contra os animais, pelo contrário, achávamos que eram seres mais evoluídos do que os humanos. Por um breve instante tivemos vontade de enfiar as mãos dentro da garganta de Noah e puxar o seu sininho. Logo fomos interrompidas pela fúria do patrão. Don Silvério nos alertou para não chegar perto de ninguém do outro povoado, não sabíamos a intenção dos que moravam do lado de lá. Não havia nada de bom vindo da outra margem, era um bando de desajustados. Um verdadeiro manicômio a céu aberto. Não devíamos procurar sarna para se coçar. Além disso, não tínhamos motivos para ficar de conversa mole com ninguém, o melhor era focar nos afazeres da pensão. Se não tinham mais o que fazer aprendessem a tricotar. Não tive filhas para se perderem na boca do povo. Não quero escutar disse me disse. Quem abaixa muito mostra a bunda. Sosseguem dentro de casa, a rua não foi feita para mulher direita. As palavras de Don Silvério entraram por um ouvido e saíram pelo outro. No entanto, não demonstramos nenhum tipo de afrontamento. Sentamos na varanda e começamos a bordar as toalhas para os hóspedes. Fingimos que o patrão era uma múmia com fala embolada. Estávamos e não estávamos lá. Não importava a opinião de um velho hipócrita. Ele falava como se não conhecesse de cabo a rabo a outra vila, sabíamos muito bem que ele passava uma temporada inteira do outro lado com a sua família bastarda. Não sabíamos as feições dos nossos irmãos e irmãs, mas tínhamos certeza de que havia muitos deles espalhados pelo mundo. Não sentíamos a falta de Don Silvério, pelo contrário, era um alívio saber que ele perderia tempo com outros familiares e nos deixaria em paz. Não discutimos, apenas ignoramos a sua ordem. Continuávamos sonhando com o corpo pesado de Noah. Contávamos as suas vértebras. Soprávamos os seus pulmões só para vê-los inflar feito balões. Massageávamos os seus pés. Às vezes, sonhávamos com a unha do seu dedo mindinho. Acordávamos assustadas, certas da nossa ignorância em matéria de amor. Imaginávamos o peso dos seus ossos sobre nossos quadris. Instintivamente abríamos as pernas. Tínhamos bacias largas, comportaríamos facilmente outros corpos. Às vezes, ☿ despíamos mentalmente. O patrão podia consumir nossas carcaças, no entanto, não tinha o poder de controlar nossas mentes. Não podia fazer nada. Não conseguíamos parar de pensar n☿ forasteir☿. Sentíamos um calafrio. Nossas mãos coçavam e antes que pudéssemos impedir elas saciavam um pouco do nosso fogo. Noah nos instigava. Além disso, um☿ estrangeir☿ é sempre confundid☿ com um objeto de desejo. Considerávamos curioso que el☿ não parecesse tão diferente de nós, aliás, se fosse da vizinhança, poderia até mesmo ser confundid☿ com qualquer uma das filhas de Don Silvério, talvez só se distinguisse pela magreza extrema. Não que fosse leve, não, não era uma magreza qualquer, Noah tinha o corpo pesado. Não nos afeiçoamos a el☿ logo de cara, pelo contrário, pensávamos que se tratava de um☿ inimig☿ em potencial. Embora nem de longe el☿ parecesse agressiv☿. Quando ☿ víamos mudávamos de calçada, não queríamos que el☿ identificasse com nitidez os nossos traços, não desejávamos que el☿ descobrisse que não havia nenhuma semelhança entre o seu povoado e o nosso. Por que haveria de ter? O pai é só um fantasma encarnado. Percebíamos que toda vez que trocávamos de calçada Noah trocava também, parecia um cachorro abandonado atrás de um novo dono. Não sabíamos se podíamos adotá-l☿. Tínhamos vontade de deixar Noah cheirar nossas bundas, é assim que os cachorros de rua se reconhecem. De longe enxergávamos apenas um rabo cumprido, semelhante ao rabo das salamandras. No entanto, esse detalhe não nos alarmou. Não chegamos a enxotá-l☿, mas também não demos muita confiança, não queríamos um bicho de estimação, já tínhamos os relógios para cuidar e eles badalavam de hora em hora. Embora saber as horas nunca tenha nos auxiliado em nada. Voltamos a olhar para o rabo de Noah, não seria má ideia sentir o seu rabo roçando no meio das nossas pernas durante as madrugadas frias. Não era nada confortável acordar sozinha e assustada durante a noite e procurar o urinol, Noah podia nos auxiliar, tinha olhos grandes, nariz largo. Por outro lado, não queríamos nos meter em encrencas, nem sabíamos se elæ era confiável. Consideramos que seria mais inteligente observar os seus trejeitos antes de tomar qualquer decisão. Vivíamos embaixo do mesmo teto de Don Silvério, não podíamos dar um passo maior do que a perna. No entanto, já não conseguíamos tirar Noah do pensamento, elæ transitava sobre nossas cabeças feito piolho. Intuímos que elæ não deixaria o povoado tão cedo, não antes de travar contato com os nossos. De certa forma o jogo nos instigava, ainda não sabíamos se éramos a presa ou o caçador. E isso não fazia a mínima diferença, estávamos dispostas a assumir qualquer um dos dois papéis. Contudo, não conhecíamos nada sobre o amor. Só sabíamos o que Alma nos contava: quase nada. Sim, era só isso que a minha mãe tinha a dizer quando a interpelavam sobre o amor. O amor é uma flor roxa que nasce no coração dos trouxas. De forma que nunca soubemos ver o afeto com outros olhos, mas sempre com esse olhar enviesado de quem se esconde de um bicho perigoso ou de um inseto com peçonhas. Não. Ninguém nos morderia. Nenhum animal nos deixaria acuada. Sobreviveríamos sem nunca conhecer o sentimento amoroso. Não conseguíamos permitir que um rato faminto roesse nossa carne e cuspisse nossos ossos. Bastava a mania nociva de roer as unhas e deixá-las em carne viva. Várias vezes vimos elɥ beirando a porta como um animal faminto, fingimos ignorância. Embora também tivéssemos fome. Nossas línguas salivavam, como se nunca tivéssemos colocado um mísero farelo na boca há meses. Um calor subia no meio das nossas pernas, fazíamos compressas com água fria. Contudo, nada diminuía a quentura dos nossos corpos. Sabíamos que apenas Noah poderia nos ajudar com aquilo, apenas elɥ poderia equilibrar a temperatura dos nossos corpos. Não estávamos acostumadas com visitas. Aliás, não tínhamos visitas, apenas hóspedes e a maioria deles eram caixeiros-viajantes, vendedores de bugigangas que ninguém precisava, mas que todos compravam, porque o homem precisa da inutilidade para se distrair da existência. Noah não era caixeirɥ-viajante. Noah não trazia nenhuma bugiganga nas mãos. Noah era a própria bugiganga. Assim como os homens, também nos sentíamos entediadas. Os jogos de tabuleiro já não eram suficientes para nos distrair, precisávamos de mais. A primeira vez que Noah bateu a nossa porta, simplesmente ignoramos, continuamos sentadas imóveis escutando o som dos nós dos dedos sobre a madeira. Noah tinha um jeito singular de tocar a porta, como se conseguisse tirar dela notas musicais. O barulho nos perturbou um pouco, mas logo continuamos nossos afazeres como se estivéssemos em silêncio absoluto, só escutávamos o bater da agulha perfurando o tecido de algodão. Da segunda vez, Noah bateu com uma insistência menor, não fizemos questão de atender, ainda não era chegada a hora, tampouco Noah insistiu, voltaria em outra ocasião. Noah não tinha a pressa dos caixeiros-viajantes. Noah parecia deduzir que pisava em um terreno minado. Não podemos negar que a sua aproximação nos provocou um pequeno comichão no meio das pernas, no entanto, ainda não sabíamos o que isso podia significar. Já tínhamos sentido esse comichão outras vezes, contudo, nunca nos deixamos levar por ele. Aprendemos que nem sempre as nossas genitálias são as melhores conselheiras, pelo contrário, normalmente nos enganam. Levantamos e trocamos as roupas de cama. Depois fizemos um banho de assento antes de dormir. O fogo continuava a nos consumir. Talvez Noah não se atrevesse a bater novamente. Assim mesmo esperamos ansiosamente pela terceira batida. Trocamos as roupas de baixo por outras mais secas e largas. Quando descansávamos no sofá sentíamos nossas genitálias tentando roçar o estofado. Pela manhã costumávamos cavalgar, arriávamos as saias e sentíamos o pelo do cavalo acariciando nossos clitóris, a crina do cavalo nos lembrava do cheiro de Noah. Já não nos sentávamos nem nos vestíamos da mesma forma, colocávamos à mesa os melhores talheres, não comíamos qualquer coisa preocupadas com o cheiro que podíamos exalar, não alimentávamos mais os porcos nem nos aninhávamos com os cães recém-nascidos, o prenúncio da chegada de Noah nos tornava animais maquiados. Não havia nenhum gesto gratuito, desde a primeira vez que avistamos Noah passamos a contracenar o próximo encontro, cada cruzada de perna, cada levantar de mãos, cada aceno, a língua molhando levemente os lábios, tudo já tinha sido feito antes na frente do espelho. Não erraríamos nada, não improvisaríamos, tudo sairia como programado. Em menos de duas semanas Noah nos procurou novamente, assim que elᵭ se aproximou da soleira sentimos uma coceira incontrolável, então, todas juntas colocamos as calcinhas de lado e nos tocamos até a garganta sossegar num uivo coletivo, a coceira cessou, voltamos as calcinhas nos lugares, embora agora estivessem um pouco encharcadas. Não tínhamos ensaiado essa parte, não queríamos ser pegas de surpresa. Não abrimos a porta. Contudo, Noah escutou pelas frestas os nossos gemidos. Elᵭ limpou ruidosamente os pés na soleira, pigarreou fundo e acendeu um cigarro, acompanhamos a fumaça pela janela da sala, colocamos novamente as mãos sobre nossas genitálias, elas ainda estavam úmidas e a medida em que nos tocávamos elas emitiam pequenos sons, parecidos com silvos, da próxima vez que Noah batesse à porta ᭆ esperaríamos com as calcinhas já arriadas. Noah não demorou muito para voltar, porém, quando chegou nos pegou desprevenidas, estávamos todas vesti-

144 MÁRCIA BARBIERI

das e preparando o café da manhã dos hóspedes, arrumávamos com cuidado as xícaras ao redor do bule. Usávamos trajes discretos, já que não queríamos que os homens ficassem atiçados vendo nossos contornos através de um tecido ralo. E os homens se distraem facilmente com os corpos das mulheres. Dessa vez elɣ não bateu, entrou e nos ajudou a servir a mesa, não reclamamos, continuamos a trabalhar normalmente. Noah não dirigiu a palavra a nenhuma de nós, também ficamos em silêncio, não sabíamos o que falar e não nos perturbamos procurando palavras, também não sabíamos se elɣ falava a nossa língua, embora isso não nos incomodasse, perto de Noah o comichão no meio das pernas voltava e não víamos a hora de nos livrarmos dos bules e das xícaras para que pudéssemos nos coçar no meio das pernas, podíamos sentir a água nos alagando. Esquecemos completamente de todos os afazeres, não conseguíamos nos concentrar em outra coisa a não ser no meio das nossas pernas. Elɣ não parecia sentir a mesma coceira do que nós ou disfarçava muito bem, pois suas mãos estavam bem longe da pélvis. Disfarçadamente encostamos as mãos perto dos seus quadris. Noah não se mexeu. Não entendemos o sinal. Olhamos para a sua boca, era grande e carnuda, dava vontade de morder e chupar. Quando fungávamos sentíamos o seu cheiro se espalhando. Não conseguíamos mais esperar, nossas bucetas estavam inchadas. Arriamos as calças. Depois inclinamos levemente o tronco sobre o balcão das comidas. Noah não poderia ficar impassível com aquela imagem. Não demorou muito para que as suas mãos ágeis se locomovessem para perto das nossas genitálias, o comichão aumentou, enfiou os três dedos dentro da própria boca e depois retirou, a saliva escorria densa pelos seus dedos, olhamos assustadas e empolgadas ao mesmo tempo, disfarçamos, a princípio fechamos bem as pernas, para que o acesso fosse dificultado, mas no fundo todas tentavam adivinhar quem seria a primeira sortuda, não queríamos que elY adivinhasse o nosso tesão e nem soubesse que já estávamos encharcadas, porém, pouco a pouco nossos músculos foram afrouxando e todas se abriram como uma alcachofra madura, nunca um falo pareceu tão aveludado quanto aqueles dedos, um líquido gosmento pingava de dentro de nós e molhava as mãos de Noah. Olhamos para a nossa irmã e ficamos com um pouco de pena, talvez ela não entendesse o que estava acontecendo, por um instante pensamos que seria melhor levá-la para o quarto, assim não precisaria ver nada daquilo, no entanto, assim que fizemos menção de movê-la ela esperneou, disse que não sairia dali, também tinha seus desejos, não era tonta como pensávamos, ela também já tinha enfiado as mãos por dentro da calcinha outras vezes, agora queria sentir no meio das suas pernas dedos que não fizessem parte do seu corpo.

Embora nossa irmã caçula tivesse a perna inválida fez questão de se esforçar para participar da brincadeira, arreganhou as coxas e expôs suas genitálias sobre a cadeira de rodas. Vimos pela primeira vez a sua genitália aumentada por causa do tesão, era grande e rosa como uma flor prestes a cair do caule. Não a impedimos, era justo que ela também conhecesse as mãos de Noah. Depois de algumas estocadas gritamos em uníssono. Noah lambeu os dedos para limpá-los, achamos bonito a sua língua sugando o resto do nosso gozo, agora nosso cheiro estava impregnado debaixo das suas unhas, não seria fácil remover. Talvez palitos de dentes ajudassem, não oferecemos. Retirou um cigarro do bolso e acendeu, pudemos ver a fumaça se distanciando pouco a pouco. Nossas pernas estavam bambas, subimos as calcinhas. A irmã caçula continuou alguns minutos em êxtase sobre sua cadeira movente. Noah não voltaria mais naquela tarde. Embora estivéssemos satisfeitas nos tocamos outras vezes ao longo do dia, obviamente não com a mesma eficácia das mãos de Noah. Nossas bucetas estavam lubrificadas como se fossem novas, ficamos subindo e descendo as mãos para apreciá-las, Don Silvério não perceberia que elas foram manipuladas. Os dedos de Noah tinham a sutileza de um falo de bebê. Isso nos fez recordar, tínhamos de cuidar da incubadora. Continuamos nossos afazeres como se não tivéssemos experimentado o prazer, fomos até a cozinha, pegamos a faca e decepamos a cabeça de três galinhas para o jantar, víamos o sangue jorrar no terreiro e fazer um desenho abstrato sobre a terra, havia certa graça na morte dos animais menores. Eles não esperneavam como os mamíferos, se recolhiam quietos em suas insignificâncias. Abaixamos e retiramos as galinhas mortas, depenamos, cozinhamos e servimos a comida. Agradecemos por ninguém ter o poder de ler nossos pensamentos. Nossas genitálias continuavam agitadas, como se tivessem alguns roedores correndo sobre elas, enfiamos as mãos por baixo das calças e imaginamos Noah tragando e soltando a fumaça do cigarro.

* * *

Não parávamos de olhar a estrada, uma lonjura sem fim, ninguém estava a caminho. Fechávamos a porta, logo abríamos de novo. Um abre-fecha insuportável. Nada. Não víamos sequer o rabo invisível de Noah. Não era possível viver sem certo desconforto. Viver era como calçar um sapato apertado com um pedregulho dentro. Continuamos a andança. Voltamos para o quarto, alimentamos a incubadora improvisada. Olhando através do vidro, de repente nos demos conta do quanto o axolote se parecia com um homem em miniatura. Saímos, trancamos a porta e colocamos a chave no molho com as outras. O barulhinho das chaves se batendo nos fazia lembrar ainda mais de Noah. Desde que elɥ apareceu não tínhamos mais sossego, um fogo subia e descia dentro da gente, estávamos enfeitiçadas. Não sabíamos mais o que fazer para acalmar nossos nervos. Talvez elɥ tivesse colocado alguma erva venenosa dentro das nossas genitálias. Já tínhamos escutado muitos casos assim, só podia ser isso, era a única explicação. Só podia ser trabalho feito. Não era possível que um desejo insano nos invadisse de forma inexplicável. Deixávamos a água gelar e fazíamos banho de assento, mas era inútil, o fogo continuava nos consumindo as vísceras. Agora vivíamos tão inquietas quanto pássaros engaiolados. Elɥ era umɥ completɥ estranhɥ, assim mesmo desregulou os nossos hormônios, estávamos obcecadas, não conseguíamos pensar em outra coisa, nossas mãos pareciam ter vida própria, deslizavam sem pudor em direção a pélvis. Já nem reparávamos se tinha algum hóspede nos observando, enfiávamos a mão e nos coçávamos. A calcinha nos incomodava, nos dava alergia e, além disso, ficava enfiada entre as nádegas. Alguns dias ficávamos tão irritadas que simplesmente tirávamos as calcinhas e ficávamos andando e trabalhando apenas de saia. No entanto, não era muito bom, volta e meia sentíamos as coisas esbarrarem sem nenhuma proteção em nossos clitóris, ficava difícil se concentrar, vira e mexe parávamos e começávamos a bater uma siririca e só sossegávamos depois de nos saciarmos, algumas vezes balbuciávamos o nome de Noah quando o gozo nos assaltava. Corríamos para a estrada e nem sinal delɇ. Por sorte, depois da estiada, apareciam alguns cachorros vadios na pensão, puxávamos eles para perto, posicionávamos suas cabeças entre nossas pernas e passávamos o resto da tarde matando tempo e carrapato na unha.

* * *

No entanto, apesar de ser muito prazeroso escutar o carrapato agonizando em nossas unhas, logo ficávamos entediadas e voltávamos nossa atenção para a ausência de Noah. Elɇ tinha um falo quase invisível e nos parecia tão inofensivo quanto uma aranha não peçonhenta. O seu falo não nos ofendia nem nos deixava na defensiva. Um bicho estranho nos rondava. O nosso corpo balançava, como se tivesse um liquidificador dentro dele. O pior é que nem sabíamos se voltaríamos a ver Noah, já que nunca trocamos uma palavra sequer com elɇ. Continuamos sentadas, agora os cachorros já não nos ofereciam nenhuma diversão, todos os carrapatos tinham sido exterminados, em silêncio fazíamos planos mirabolantes para encontrar Noah. Um dos cachorros ganiu, já que esquecemos que eles estavam no meio das nossas pernas e os apertamos com muita força. A falta de Noah estava nos deixando minguadas.

Capítulo 2

O médico de Marbug ou o livro de Jó

O tempo vela os mortos e os vivos

É assim, para morrer basta estar vivo, essa máxima também se aplicava ao patrão. Não era imorrível. Graças a Deus! Se desconfiássemos que fosse já o teríamos assassinado há muito tempo. Embora ainda não estivesse propriamente morto e abominasse provérbios. Também não estava propriamente vivo. Um bailarino no meio da festa impedido de dançar. O seu corpo estava quieto como um jardim que tem o solo seco e as plantas devastadas. Não usaríamos estercos. Encostamos os ouvidos em seu tórax e só escutamos um rádio chiando. Voltamos as orelhas para o silêncio do quarto. Aos poucos as moscas se amontoavam ao redor do nariz de Don Silvério, talvez prevendo a sua liquidez. Nossas mãos balangavam sem cessar para inutilmente espantar os insetos da sua cara. Depois de um tempo cansamos e deixamos que as moscas achassem seu pouso. Ter a cara coberta de moscas lhe proporcionava uma fisionomia mais amena. O cavalo do patrão estava tão capenga quanto ele, não servia mais nem para carregar a lavagem dos porcos. Um animal de carga capenga não tem nenhuma utilidade. Infelizmente, a sua carne não dava para aproveitar nem para fazer salame. Se fosse menor talvez se tornasse um bom animal de estimação, no entanto, era grande demais e fedia, provavelmente depois que Don Silvério batesse as botas o cavalo teria de ser sacrificado. Tenho certeza de que nenhuma de nós se importaria em realizar tal sacrifício, era mais fácil perpetrar o assassinato em um bicho mudo e que dormisse despreparado para o bote. Não queríamos o fantasma do patrão rondando a casa e arrastando os cascos. Não queríamos nenhum tipo de fantasma, já nos bastava a perturbação incessante dos vivos. A ferradura estava gasta, já deveríamos ter trocado, no entanto, não valia a pena trocar a essa altura do campeonato, era perder ferradura nova com cavalo velho. Ele relinchou, como se reivindicasse o direito a uma ferradura decente. Ignoramos. Não conseguíamos mais nos avistar dentro dos olhos do cavalo. Os olhos se assemelhavam a dois espelhos embaçados. Olhamos a sua pelagem, se tomasse um banho talvez melhorasse um pouco o aspecto doentio. Ou talvez apenas espalhasse ainda mais o odor pela casa. Podíamos usar um pouco de creolina, disfarçaria o cheiro de carniça. Não era problema nosso. Não perderíamos o nosso tempo banhando um cavalo empesteado. Almã que tratasse disso, já que fazia questão de guardar uma lembrança do falecido. Não fazíamos questão de guardar sequer as memórias de parentesco. Não mexeríamos no cavalo. A natureza daria o seu jeito. Não queríamos nos meter. Os bernes estavam comendo sua carne aos poucos. O melhor a fazer era não mexer em nada e deixar que a morte fosse habitando seu corpo, cômodo por cômodo. Aos poucas as bicheiras fariam o seu trabalho. Um cavalo a menos não nos deixaria mais pobres nem mais tristes. Pela primeira vez na vida consideramos que tínhamos uma relação razoável com Don Silvério. Talvez se tornasse perfeita quando o patrão desse o último suspiro. A paternidade era realmente um troço impressionante, quando menos se esperava, ela dava as caras. Don Silvério parecia tão inofensivo quanto um cão sarnento de rua. Talvez com a diferença que não podia sequer ganir para conseguir comida. Agora dependia das nossas mãos para não morrer de fome. Calado ele também se assemelhava muito a um santo católico, daqueles que ninguém sabe exatamente qual foi o milagre que o canonizou. Fizemos o sinal da cruz. Fazia dias que o seu chapéu de lida estava pendurado no mancebo, continuaria ali por muitos anos. Deixaríamos o chapéu lá para lembrar que um dia nossa vida foi um verdadeiro inferno. Quem sabe também guardássemos alguns dos seus ossos num pote de conserva. No varal já não encontrávamos muitas peças de roupa do moribundo. Observávamos a vela se extinguindo ao lado do corpo disforme de Don Silvério. Sabíamos que ele tinha um corpo, mas nunca o olhávamos sem roupa, quando ele se aproximava do nosso quarto, antes que ele abaixasse as calças, fechávamos os olhos e não abríamos mais até o dia seguinte. Cochichávamos uma reza fingida. Podíamos chamar alguma curandeira da região, mas sabíamos que seria totalmente inútil, ervas e rezas não tirariam o patrão do seu estado meditabundo. Pouco nos importava a sua letargia, pelo contrário, vê-lo naquele estado inerte nos acalmava os nervos. Vez ou outra espantávamos uma aranha gigante que insistia em passar por cima do seu corpo, causando-lhe cócegas. Depois o deixávamos um tempo sozinho e cuidávamos do café. Embora nos últimos dias Almã não fizesse questão de se alimentar, achava injusto que nos empanturrássemos de comida enquanto o patrão definhava dia a dia. No entanto, não nos importávamos, comíamos até mais do que antes. Não ligávamos para os olhares de acusação de

Almå. Se fosse uma mãe de verdade não permitiria que Don Silvério entrasse em nossos quartos de madrugada. Almå fingia não ver. Nos olhava com desdém e dizia que inventávamos coisas absurdas para prejudicar o traste. Almå preferia fingir que era a única buceta do patrão. Além disso, não nos dávamos o respeito, ficávamos vagando de um lado para o outro com as calcinhas enfiadas no meio da bunda e com vestidos transparentes. Don Silvério era pai, mas também era um homem fogoso, se a gente quisesse que não enfiasse o pau no meio das nossas pernas era melhor andar de forma decente. Aquele discurso nos dava ânsia de vômito. Uma escarra se abriu no pé de Don Silvério. De certa forma isso nos deixava mais aliviada, ele já não poderia atravessar os corredores e invadir nossos quartos. Todos os dias Almå exigia que fizéssemos o curativo. Obedecíamos. Não queríamos entrar num combate inútil. Esperávamos o médico, não havia nenhum deles na vila, médicos gostam de dinheiro e luxo, não ganhariam nada por essas bandas, por aqui só encontrariam uma porção de vagabundos, um bando de pé rapado, sem eira nem beira. Se houvesse médicos por aqui possivelmente teriam de atender aos pacientes de graça, ainda assim teriam de disputar com as benzedeiras. Se pudéssemos escolher também não teríamos nascido nesse fim de mundo. Contudo, nenhuma de nós teve a sorte de escolher. Nascemos aqui e certamente morreremos aqui, não havia previsão de um futuro diferente. Ficamos no pé da cama massageando os dedos do patrão, pequenos movimentos de rotação, claro que não por vontade própria, Almå nos obrigou, alegou que o sangue do patrão precisava circular, caso contrário, quando acordasse se esqueceria que poderia sustentar o próprio corpo. O castigo vem a galope. E talvez chegue montado no cavalo do patrão. Continuávamos com a massagem e torcíamos para que Don Silvério jamais voltasse a se levantar. Embora não nos agradasse limpar e trocar o patrão todos os dias, preferíamos isso a ter que escutá-lo relinchando pelos cantos. A pensão agora estava mais silenciosa do que o pulmão de um tuberculoso recém-recuperado. Don Silvério mexia a língua e a saliva escorria pela lateral da sua boca, tentava balbuciar algo, não dava para entender nada. O seu chapéu continuava imóvel nos observando, já não nos amedrontava. Pouco nos importávamos, tínhamos escutado a vida inteira as suas ordens absurdas, que continuasse calado como morto. Morto não fala. Não conhecíamos outra linguagem a não ser aquela ditada pelo desprezo. Quem sabe se o tivéssemos conhecido assim, moribundo, conseguiríamos ter nutrido algum tipo de afeto por essa criatura estranha. Talvez até chegássemos ao cúmulo do amor paterno, embora nunca tenhamos sabido de ninguém que tenha experimentado tal sentimento. Entretanto, nós o conhecemos quando ainda andava rígido sobre as duas pernas e só abria a boca para falar baboseiras. Ele continuou gemendo e babando. Não demos atenção e continuamos revirando o pequeno móvel. Nos pareceu assustador um móvel tão pequeno esconder tanta porcaria. Ele dava ares de se incomodar com o nosso descaso, pois começou a salivar mais e soltar gemidos mais sonoros. Não seria tão fácil chamar a nossa atenção. Continuamos nosso trabalho sem nos abalar. Logo encontramos o que não procurávamos. O endereço estava num caderno velho de anotações com a letra garranchuda do próprio Don Silvério, parecia a escrita de uma criança de cinco anos. Na folha subsequente era possível ver o fantasma da letra apagada. Talvez esse fosse um dos pequenos segredos de Don Silvério que começava a despontar. Pena que não ficamos sabendo antes da sua existência, poderíamos ter desaparecido com ele, dessa forma atrasaríamos o socorro vindo de longe. Agora estava tudo perdido, talvez o médico chegasse e pior ainda, talvez conseguisse reverter o quadro de Don Silvério. Aos poucos fomos perdendo a alegria que ia tomando nossos corpos nesses últimos dias, agora estávamos apreensivas, embora não confiássemos em médicos, sabíamos que em alguns casos tinham êxito. Esperávamos que não fosse o caso do médico da caderneta. Cruzamos os dedos, o caderno devia ter uns cinquenta anos, talvez aquele médico já estivesse a sete palmos da terra. Fizemos todas o sinal da cruz. Continuamos olhando incrédulas para aquelas garatujas, agora o patrão parecia alguém desconhecido. Alguém que guardava segredos disfarçados em meia dúzia de palavras ilegíveis. Nem fazíamos ideia que Don Silvério soubesse escrever. Não que esse fato o eximisse de alguma coisa, apenas nos causava espanto. Já o tínhamos visto fazendo contas e anotando números aleatórios em folhas avulsas, mas nunca o vimos rabiscar uma palavra sequer. Não conseguíamos imaginá-lo nessa posição de submissão frente às letras. Tristemente ainda estava vivo e com dificuldade apontou o lugar em que o caderno se encontrava. Ele estava escondido na cômoda, em meio a um monte de tralhas, quase tão morto quanto Don Silvério. Em nenhum momento imaginamos que ele possuía um passado, é como se ele se constituísse a partir dos nossos nascimentos. Estranho imaginar que os pais chegam antes dos filhos. No entanto, descobrimos que ele veio antes, bem antes, éramos apenas um marco temporal irrisório. De repente, perdemos um bocado da importância. Olhamos de novo para o chapéu pendurado no mancebo e demos um pulo, o mancebo se assemelhava ao corpo paralisado de Don Silvério. Por sorte era apenas uma ilusão de ótica devido ao cansaço e emoção dos últimos dias. De repente, uma paz desconhecida tomou nossos corpos, contudo, logo foi embora. O caderno estava amarelado e cheio de marcas de traça, podíamos alegar que não era possível entender o que estava escrito naquelas linhas, logo, não era possível obter nenhum tipo de ajuda, ele morreria ali mesmo em cima da cama, enquanto fazíamos a faxina do quarto. Ou talvez não limpássemos nada, já que não teríamos mais ninguém para inspecionar o nosso trabalho. Respiramos aliviadas, não teríamos mais patrão! Não era a opinião de Almå, a letra estava completamente legível, mesmo estando esteticamente lamentável, ela fez questão de traduzir sílaba por sílaba, fazendo uma pequena pausa nas sílabas complexas, como se fôssemos analfabetas funcionais. Don Silvério sempre teve a letra ruim, talvez por isso não me mandasse cartas de amor como os outros, suspirou Almå relembrando de um passado longínquo ou que nunca existiu. Com o passar do tempo é possível inventarmos várias memórias. Não entendíamos como alguém poderia ter zelo por aquele crápula. Olhávamos com desgosto para aquela que nos pariu. Não tivemos sorte, fomos geradas num corpo feio e débil. Não conhecíamos outra linguagem a não ser aquela ditada pelo desprezo. Almå assoava o nariz alienada do resto do mundo. Depois jogava o lenço cheio de catarro em cima de algum móvel limpo e esperava que o lavássemos com as mãos, pois o tecido era delicado, não podia ser esfregado na pedra do tanque. Almå não se espantou quando leu Marbug no caderno de anotações, pelo contrário, fez uma cara de reprovação, como quem sabe do que se trata. Fechou o caderno com alguma indignação, depois voltou a abri-lo, arrependida. Pensamos em interrogá-la, depois desistimos, a identidade do médico pouco nos interessava, queríamos apenas saber se ainda estaria atendendo. O caixeiro-viajante nos observava com cara de interrogação e pouco entendimento, como se tentasse adivinhar o que pensávamos, depois coçava o saco distraído, com a sua idade avançada se tornara tão inofensivo quanto uma criança, sabíamos que não havia malícia quando nos olhava e colocava as mãos nas partes baixas, era só um hábito de velho ou talvez um resquício do tempo da virilidade. Ainda nos encarando, e sem disfarçar, enfiou a mão dentro da calça e chacoalhou, ficou com a mão ali por uns três minutos, continuou chacoalhando por mais dois minutos, depois retirou a mão e trouxe consigo um carrapato. Esses nojentos não deixam a gente em paz! Basta um descuido e eles se entranham em qualquer buraco, esses dias tirei um do fundo da narina. Não me interpretem mal, não tive a intenção de ofendê-las, mas esses carrapatos coçam feito o diabo! Depois de velho esses bichos não me deixam em paz! Não desgrudam de jeito nenhum! Não me olhem assim! Eu também já fui jovem! Eu não nasci velho! Um dia saberão do que estou falando! Não estava em nossos planos envelhecer, logo, não respondemos, continuamos onde estávamos. Ficávamos em dúvida se podíamos perdoar um homem apenas porque tinha perdido os dentes. Um homem velho era quase tão inofensivo quanto um defunto. Ainda assim preferíamos os defuntos. Os defuntos fedem um pouco menos do que os velhos. Os velhos têm pavor de água e ficam semanas com as mesmas roupas, afinal, já não precisam impressionar ninguém. Colocam os dentes durante a noite dentro de um copo transparente e esperam que se limpem sozinhos. Já não fazem questão de gastar dinheiro com itens de higiene. Vão se despedindo da vida aos poucos, das coisas mais simples às mais complexas. O caixeiro--viajante tirou um pequeno espelho da maleta e nos ofereceu, disse que deveríamos olhar bastante no espelho enquanto éramos novas, a velhice chegava rápido e ninguém gosta de ficar se olhando depois de velho. Veja, vocês mal conseguem olhar para minha cara, consigo sentir o cheiro da repugnância de vocês, não julgo, eu também já fui jovem. Assim que comecei a envelhecer eu pedi para minha esposa esconder todos os espelhos com lençóis surrados, não achava nada confortável me deparar com o meu próprio rosto, constantemente me assustava e achava que a casa tinha sido invadida por algum estrangeiro, depois me dava conta que o intruso era eu mesmo, dentro de um corpo irreconhecível. Me sinto como se eu tivesse sido roubado. E o pior, jamais recuperaria o objeto roubado! Olhamos a sua cara de maracujá e assentimos com a cabeça. Não fixamos o olhar, não era uma imagem agradável. A sua cara comprovava a sua teoria, de forma que não precisou nos convencer de nada. Pegamos o espelho e enfiamos dentro do bolso. Cogitávamos que na primeira oportunidade nos livraríamos dele, não era um objeto que nos cativava. Não gostávamos nem de espelhos nem de relógios. O velho continuou nos olhando, agora tirou a mão do saco e enfiou dois dedos em uma das narinas, ficou pensativo. Abriu a boca, desanimou um pouco e fechou de novo, como se estivesse fugindo de engolir uma mosca varejeira. As pernas começaram a tremer. Sentou na cadeira mais próxima, encostou a bengala na parede, colocou a mão na lombar e soltou um gemido. Assim mesmo retirou um cachimbo do bolso e começou a fumar, nem se preocupou em acender, evidentemente baforava uma fumaça imaginária. Não fizemos questão de alertá-lo. O seu estado não nos pareceu nada animador. Não oferecemos ajuda. Já nos bastava um moribundo, se fosse morrer que se escafedesse logo dali. Era só o que nos faltava! Não falamos, mas pensamos. De pensar que vinte anos atrás eu me escondia no celeiro com a minha amante! Nem me lembro mais o que fazíamos escondido. Tanta bobagem para acabar assim! Depois de alguns minutos de silêncio voltou a conversar como se nos conhecesse há anos e como se a dor nos quartos já tivesse se extinguido, embora continuasse com as mãos na altura dos quadris. Podem deixar comigo! Fiquem tranquilas! Vou fazer o que qualquer amigo faria! Eu mesmo darei o recado! Ele se prontificou a avisar o médico, já que ele passaria por aquelas bandas, não custava nada. Não se desviaria mais do que um quilômetro do seu caminho original. Ainda que precisasse se desviar cem quilômetros faria questão de ajudar! A sua boa vontade de ajudar o patrão nos deixava embasbacadas, principalmente porque o caixeiro-viajante era manco e andava com a ajuda de uma bengala improvisada. No entanto, não o interrompemos, deixamos que continuasse a falar maravilhas do patrão como se falasse de um homem prestes a ser canonizado. Dizia ter uma dívida com o patrão e não queria morrer devendo ninguém. Ainda que não tivesse sido batizado, relaxo dos pais, e nunca tivesse pisado numa igreja em toda a sua existência, era um homem temente a Deus. Falou e fez o sinal da cruz. Além disso, todos sabiam da sua grande estima por Don Silvério, assim que chegou na cidade o patrão fez questão de lhe oferecer abrigo em troca de pequenos biscates. Se não fosse ele sabe Deus onde eu estaria a essas horas, talvez até debaixo da terra, comendo mato pela raiz. A vida é mesmo injusta! O coitado não merecia isso! Um homem tão bom! Fazia mais sombra que um pé de jacarandá! Eu nunca esqueço um favor oferecido, ficaria feliz em retribuir. Não precisam se preocupar, o pai de vocês será logo amparado pelas mãos de um médico, nem que eu tenha que buscar nos quintos dos infernos! Don Silvério tratava a todos como escravos, ainda assim o homem conseguia ser grato a ele por meia dúzia de palavras trocadas e alguns biscates. Brotava em nós uma leve esperança que o homem esquecesse da sua palavra e não avisasse ninguém. Infelizmente, ele parecia ter uma boa índole. Ainda ficamos com a esperança que o caixeiro-viajante tivesse um mal súbito e não chegasse até a vila. Essa esperança não era tão incoerente, já que o homem parecia ter passado dos cem anos, se não em idade, em aparência. O velho fez um esforço descomunal e se levantou da cadeira com o apoio da bengala e da quina da mesa. Se arrastou pelo corredor se amparando de um lado na bengala e de outro na parede. O caixeiro-viajante entrou sorrateiro no quarto de Don Silvério, até porque só conseguia andar em passo de tartaruga, sentou na beirada da cama, pigarreou, pegou na mão do infeliz, beijou várias vezes e sussurrou algo, presumimos que estivesse se prontificando a cumprir sua promessa. Continuou acariciando a mão do moribundo, voltou a beijá-la, de modo que uma baba parecendo um rastro de lesma ficou escorrendo pelo pulso de Don Silvério. Depois se levantou e beijou várias vezes o crucifixo que trazia pendurado no pescoço. Mar-bu-g, Mar-bu-g, Mar-bu-g, Mar-bu-g, o velho soletrou o nome pausadamente e repetidamente antes de deixar a pensão, como se quisesse convencer o cérebro de que não podia esquecer da sua tarefa. Embora fosse bem evidente que nem houvesse mais um cérebro naquela cabeça mole. Depois cuspiu o palito que mastigava desde a hora do almoço, coçou o saco pendente, alimentou o cavalo, verificou a sela e os mantimentos, partiu acenando até as mãos desaparecerem no pó da estrada. Mar-bu-g Mar-bu- g Mar--bu-g Mar-bu-g Mar-bu-g Mar- bu-g Mar-bu-g continuamos escutando o pobre homem soletrando enquanto castigava o seu cavalo com o chicote. Depois de cem metros gritou: é um nome estrangeiro, com certeza é, é sim, não me engano com essas coisas, os estrangeiros são mais espertos. Bem mais espertos! Não respondemos nada, até porque ele não escutaria a resposta, continuamos torcendo para que o velho se perdesse na estrada ou se esquecesse daquele nome tantas vezes repetido. Mar-bu-g. Era um homem de quase cem anos, não era tão improvável que esquecesse da sua missão. Ainda havia esperança para nós. Limpamos o pé no pano estendido perto da soleira e entramos, já não era possível avistar o caixeiro--viajante nem seu burro chucro. Fizemos o sinal da cruz. Don Silvério continuava parado, quieto, só pele e osso. Pensamos em espantar as moscas, desistimos, era menos tedioso observar o movimento dos insetos, alguma coisa estava viva naquele quarto fedorento. Ficamos imaginando o jaleco branco do médico de Marbug. Esperávamos a

EM-NOME-DO-PAI • (TRILOGIA INFAMILIAR) 165

visita do médico há dias, provavelmente demoraria muito para chegar, não sabíamos em que condições a estrada se encontrava, embora a estiada tivesse chegado ao fim com certeza teria deixado estragos pelo caminho. Don Silvério era bicho tinhoso, não morreria tão fácil. Vaso ruim não quebra. Ajoelhávamos em frente ao oratório clamando por um milagre, ainda que nunca tivéssemos acreditado em nenhum Deus e jamais presenciamos um milagre. À noite escutávamos o chirriar das corujas e ficávamos esperançosas de que a superstição besta do povo fizesse algum sentido. Nossa irmã mais nova continuava no canto alisando a perna paralisada, a cara de amuada de costume, não era possível adivinhar se torcia pela morte ou pela recuperação de Don Silvério. Ela era paralítica em relação ao mundo, estava sempre sobrando, como uma planta que nasce no lugar errado e precisa ser extirpada antes da hora. Almã estava tão nervosa que mesmo com Don Silvério estrebuchando na cama acendeu o cachimbo e ficou horas com ele na boca. Na sala todos os relógios perpetuavam a agonia de Don Silvério. Por detrás da porta escutávamos os gemidos daquele traste. Agora éramos nós que dávamos corda nos relógios, no entanto, tínhamos noção de que não manipulávamos o tempo. O tempo se estendia vagaroso pelos corredores escuros da pensão, escapando com sagacidade das ratazanas que encontrava pelo caminho. Não tínhamos pressa, apenas queríamos que a vida do patrão sumisse de dentro do seu corpo. Se dependesse de nós ele não retornaria, continuaria preso nas malhas dos lençóis. Toda manhã saíamos para alimentar o cavalo daquele miserável e a cada nova visita no estábulo diminuíamos a quantidade de alimento, acreditávamos que se o seu cavalo fosse minguando aos poucos, talvez Don Silvério por espelhamento também fosse desaparecendo. Não sabemos ao certo de onde tiramos essa ideia, mas ela surgiu simultaneamente na cabeça de todas, então, devia fazer algum sentido. Estávamos tão vidradas em acompanhar o declínio de Don Silvério que ficamos dias sem alimentar a incubadora. Não seria de admirar se a criatura morresse antes mesmo de nascer. Com o passar das semanas a língua do patrão quase não se moveu dentro da boca, assim mesmo tínhamos consciência de que ele não era um objeto que poderia ser escondido e nunca mais encontrado. A desaparição dele não era algo tão simples, não se tratava de um relógio de corda que do dia para a noite parava de funcionar e podia ser descartado sem cerimônia. Ainda que ele fosse uma iguana-verde não resolveria nada. Ficávamos olhando o corpo dele por horas, na esperança de que nosso mau agouro fosse minguando ele aos poucos. Podíamos cair do cavalo, não nos livraríamos dele tão facilmente. A nossa força de vontade não fazia de Don Silvério um ser mais morto, ele continuava

EM-NOME-DO-PAI • (TRILOGIA INFAMILIAR) 167

vivo, ainda que impotente em muitos aspectos. Poderíamos entrar sorrateiramente no quarto e sufocá-lo com o travesseiro. Ninguém desconfiaria. Infelizmente, esse plano era bem difícil de ser executado, Don Silvério não ficava um minuto sozinho, Almå se prostrou ao lado da cama como uma penitente, quem a visse jogada aos pés de Don Silvério pensaria que se tratava de um santo, no entanto, me parece que os algozes causam muito mais comoção em suas vítimas. Poderíamos simplesmente não ter chamado o médico, contudo, precisávamos dissimular uma preocupação que não tínhamos. Assim ditavam as regras da consanguinidade. Além disso, Almå não nos deixaria matá-lo facilmente. Na cabeça dela tinha uma dívida inesgotável com o seu carrasco, que por vezes chamava de marido, como se esse título o eximisse de todas as desgraças cometidas. A instituição matrimonial legitimava a perversão dos homens. Aos homens tudo era permitido. Achávamos graça que um pedaço de carne flácida no meio das pernas servisse como instrumento de poder. Agradecíamos por nenhum homem ter nascido com dois paus. Fixamos nossos olhos na boca de Don Silvério, queríamos ter certeza que ele realmente respirava. Para a nossa desgraça, ele era forte como um touro. Somos filhas do patrão. Almå exigiu que nos mostrássemos atentas às necessidades de Don Silvério, não admitiria descaso de qualquer ordem. Não se façam de tontas, devem obediência ao pai de vocês, não cuspam no prato que comeram. Almä falava como se algum dia aquele homem estranho tivesse nos tratado como alguém da família, não passávamos de objetos que decoravam parcamente a mobília, quando muito também servíamos para distrair os hóspedes mais exigentes, levantando disfarçadamente as saias ou ficando até de madrugada jogando buraco. Porém, não tínhamos escapatória, precisávamos fingir como o resto da humanidade. Lembramos do cuidado que tínhamos com os porcos, não porque temíamos pelas suas vidas, mas porque precisavam estar gordos para o abate. Rapidamente adquirimos um cuidado que não conhecíamos, agora nossos braços, que serviam para engordar suínos, degolar galinhas e matar cabritos, amparavam porcamente o corpo ossudo de Don Silvério e ele pesava mais do que dez jacas juntas. Embora estivesse magro, os seus ossos pesavam absurdamente. Já tínhamos sentido por muitas vezes o peso da sua carcaça entre nossas pernas, por sorte, tínhamos a bacia larga. Por um instante nos passou pela cabeça que degolar Don Silvério não seria tão mais difícil do que degolar galinhas, apesar do seu pescoço inchado. Não podemos negar que havia em nós certa satisfação, era como se carregássemos nos braços o poder de uma vida inteira e ela não pesava mais do que alguns quilos. Não era possível mais identificar o seu muque, os músculos dos seus braços pendiam moles como frutos apodrecidos. Direcionamos nossos olhos para o seu falo e agora ele também parecia um bicho cansado e inofensivo. Quase sentimos pena. Quase. Ainda que Don Silvério conseguisse abrir a boca e ordenar, o seu falo agiria como um animal desenganado, não era possível ressuscitá-lo. Gargalhamos. ¿Quem era a mulherzinha agora? Se quiséssemos abriríamos à vontade as suas pernas, ele não seria capaz de reagir. Poderíamos agora mesmo enrabá-lo com nossas mãos e ele não poderia fazer nada. Logo o médico atravessaria a porteira e nos pouparia do fingimento. Não gostávamos de encenar um papel para o qual não fomos ensaiadas. Estava na cara que não sabíamos encenar as filhas preocupadas e devotas. O seu estado não nos causava comoção, pelo contrário, apenas nos fazia imaginar que poderíamos derrotá-lo, como quem abate um galo de briga velho ou um cavalo doente, que já não tem serventia para ser animal de carga. Nos provocava náuseas amparar aquele corpo-sepulcro. Se nos dessem permissão poderíamos enterrá-lo assim mesmo, enquanto ainda respirava com dificuldade, não seria um homicídio, seria um favor. Evitaríamos os trâmites da morte final, do último suspiro, o qual deve ser um tanto quanto desconfortável. Nos custava caro virar aquele corpo ossudo e evitar as feridas, entretanto, era a nossa nova missão, ainda que não fossemos filhas, éramos funcionárias. Não sabíamos nada a respeito do médico, a não ser que viria de Marbug, embora aquele nome não nos remetesse a coisa alguma. Marbug. Não gostávamos do nome, nos soava estranho, talvez já tenhamos ouvido falar desse nome, talvez alguma marca de whisky. Também parecia nome de uma cidade fora do mapa, desses povoados pequenos que só se chega pelos trilhos de trem, também lembrava vagamente marca de cigarro. O médico não fumava, presumíamos. Esperamos três dias e três noites. Não podemos dizer que a espera nos causou aflição, pelo contrário, estávamos dispostas a esperar mais, quanto mais o tempo passava mais esperanças tínhamos que Don Silvério morresse antes da chegada do médico. Assim, ficaríamos com a consciência limpa, não poderíamos ser julgadas pelo seu acabamento. Não que sentiríamos alguma espécie de culpa, apenas evitaríamos o sermão de Almå. Além disso, não tínhamos certeza que o médico ainda estivesse vivo, não era possível saber com exatidão há quantos anos aquele nome fora anotado por Don Silvério. Se tivéssemos um pouco de sorte o médico não teria grande apreço pelo patrão e sequer se lembraria do seu nome, muito menos faria questão de se deslocar para salvá-lo. Olhávamos para fora e ainda não era possível avistar nenhuma cabeça pela estrada. De repente o velho tinha tido um enfarte fulminante e o médico jamais chegaria. Mesmo que estivesse vivo e chamado o médico o povoado era distante de tudo, não era impossível que mesmo com o recado do caixeiro-viajante o doutor tivesse desistido do socorro. A febre de Don Silvério não abaixava nem aumentava, o que nos causava uma agonia ainda maior, pois não conseguíamos saber se a morte se aproximava ou se distanciava.

Capítulo 3

Prazer, sou Yang, a médica de Marbug

A médica será categórica no diagnóstico: Podem preparar o caixão. Assim que a médica de Marbug chegou Almå se trancou no quarto e não saiu mais. Imagino que nesse povoado seja de costume enterrar os mortos, não é mesmo? Don Silvério já está com o pé na cova, não podem fazer mais nada por ele. Tampouco eu posso. Sinto muito. Eu fiz o que a minha profissão me permite, agora só um milagre faria Don Silvério sobreviver. No entanto, não creio que milagres existam, não para este homem. Espero que tenham uma reserva para esse momento fatídico. Em questão de dinheiro não posso ajudá-las. Não que enterros sejam totalmente necessários, mas é uma forma elegante de se despedir do morto. Se não houver floriculturas por perto também podem antecipar o pedido das coroas de flores. Gostaria de ser menos direta, contudo, apenas adiaria o sofrimento inevitável de vocês, melhor irem se conformando com a ideia. A morte só pode levar quem está vivo. Eu sei, parece uma constatação idiota, mas serve de consolo. Ele teve o seu tempo entre os vivos. Se ele aproveitou ou não, já não nos diz respeito. Agora se juntará a outros desvalidos. Também chamaria as carpideiras, vão precisar, o choro de vocês não será suficiente para encher a sala de um velório. Don Silvério vai morrer em três dias, poderia consolá-las e evitar o martírio da família, no entanto, não posso fazer mais nada por ele, poderia talvez rezar, porém, tenho certeza que será inútil, sairá daqui direto para o inferno. Conheci muitos homens como ele, e com certeza é para onde irão depois de mortos. Não vou lamentar por um dia ter me iludido e aberto as pernas para ele durante um verão inteiro. Mulheres são seres sensíveis e muitas vezes são guiadas pelos hormônios do útero. Para minha sorte tirei o útero alguns anos atrás, desde então tenho sido pouco ludibriada. Felizmente, fui esperta o suficiente para não gerar nenhum descendente. Não suportaria amamentar um filho com as fuças de Don Silvério. Para ser sincera não alimentaria nenhum homem com as minhas tetas, já bastaram os homens que passaram pela minha cama. Isso não vem ao caso agora, afinal, vocês são a família dele, precisam se organizar. Não tenho nada contra Don Silvério, conto essas histórias apenas porque acho curiosas as encadeações da vida. Não esperava encontrar novamente o pai de vocês e nem imaginaria que ele guardou meu telefone por anos a fio. Provavelmente supôs que um dia precisaria dos meus cuidados médicos. Era um homem prático, como quase todos os outros homens. Sempre procurando tirar proveito de uma foda. Vocês devem estar se perguntando o motivo de eu ter ido morar tão distante. A verdade é que sempre tive muita dificuldade em envelhecer. Cheguei a pensar que Marbug fosse uma invenção dos marinheiros. Felizmente não era. Marbug é uma ilha fora do marco temporal, tem poucos habitantes, já que quase todos morrem antes de chegar até lá. Por isso, pareço tão nova, o tempo por lá não pode ser afetado pelo nosso tempo, ninguém envelhece depois que pisa o pé na ilha, só não sou mais nova porque cheguei por lá na casa dos trinta e tive que sair em alguns momentos para salvar velhos pacientes. Enfim, não quero ser indelicada, eu entendo a dor de vocês, fiquem à vontade para chorar. A médica de Marbug parecia não entender nada. Apesar do diploma era uma mulher comum, tão burra como qualquer outra. Não soltamos uma lágrima sequer e também não estávamos surpresas, qualquer idiota com certificado de açougueiro ou esteticista podia ver que Don Silvério não duraria uma semana. A doutora era tão eficaz quanto qualquer parteira da região sem o ensino básico. Ainda assim, sentimos um alívio enorme por saber que a médica de Marbug era incapaz de salvá-lo. Perdemos noites inteiras com pavor de que algum médico pudesse ressuscitar Don Silvério. Nem a médica de Marbug podia ajudá-lo. Afinal, apesar de morar na Ilha não parecia conhecer nenhuma poção mágica capaz de safar Don Silvério das garras da morte. Por outro lado, se conhecesse com certeza não faria nenhuma força para usar a poção com Don Silvério, não nutria grande afeto pelo passado. Não podíamos culpar a médica por isso, conhecíamos muito bem Don Silvério e sabíamos que era impossível querer o seu bem por mais de cinco minutos. Almã não poderia alegar que estávamos com má vontade ou atentando contra a vida do próprio pai. Não éramos parricidas, embora desejássemos a morte do nosso pai. A médica de Marbug estava ali, em frente ao futuro defunto e deixou bem claro que não tinha um diagnóstico animador. O seu rosto não denotava nem felicidade nem infelicidade, apenas uma indiferença de quem está acostumada a lidar com corpos moribundos. Ao lado de Don Silvério a médica de Marbug parecia ainda mais viva e reluzente. Tínhamos vontade de beijá-la pela boa notícia. Embora a sua cara nos desse repugnância. A doutora se mostrava tão aliviada quanto nós com a morte iminente de Don Silvério. Assim que avistou Don Silvério fez o sinal da cruz, com o intuito de se proteger de algo maligno que estava dentro dele. A médica de Marbug logo depois de chegar e de reconhecer a desgraça, se afastou do corpo e acendeu um cigarro de cravo. Ver o corpo decrépito de Don Silvério a fez recordar de que estaria com a mesma cara do moribundo se não tivesse se instalado na ilha de Marbug. Tinha se dado bem. Não gostava de romantizar a velhice, falou entre os dentes, como se conversasse consigo mesma. Não a fitamos, não queríamos que ficasse se lamentando em nossos ouvidos. Logo depois de terminar o cigarro, retirou do bolso um pequeno espelho e ficou horas se olhando, contabilizando as rugas que não tinha. Por alguns segundos sentimos o sangue coalhado de Almå descendo do braço em direção ao pulso. Sacudimos as mãos e a sensação passou. Voltamos a prestar atenção no discurso moroso da médica de Marbug. Ela continuava refletindo com o espelho na mão. Me safei de uma boa! Eu não saberia o que fazer se tivesse ficado com a cara toda amassada. Gosto da minha cara lisinha, sem nenhum vinco. Deus me livre ficar com a cara de Don Silvério. Fez o sinal da cruz. Mas, não pensem que a ilha salva os doentes! Não, quem não tem a sorte de ter uma boa genética sofre triplicado, pois não é possível envelhecer ou morrer, vivem eternamente com suas limitações. Para algumas almas a eternidade não é nenhuma dádiva. Por sorte, sou forte como touro, puxei a família paterna, morreram todos de velhice. Não existe almoço grátis no mundo, tudo tem um preço. Falava e deslizava as mãos da cintura em direção aos quadris, como se quisesse fazer um rascunho de si mesma. Não parecia se importar muito com os nossos olhos sobre o seu corpo. A doutora não devia ter mais do que um metro e meio. Apesar de aparentar trinta anos falava como uma garota de doze. Não entendíamos o que o patrão tinha visto nela, talvez fosse o diâmetro dos seus buracos. Era uma mulher esquálida, usava maquiagem demais, os cílios postiços batiam no meio da testa, falava mexendo as mãos e revirando os olhos. Almã também era esquálida, no entanto, nunca tentou disfarçar a cara com cosméticos baratos e ao falar utilizava mais a boca. Voltamos a nos desviar do seu discurso chato. Ela chacoalhou as pulseiras para nos manter atentas e continuou. Devem conhecer o carrapato estrela com certeza, um nome tão bonito para uma criatura tão nociva! A doença de Don Silvério é a febre da carraça, mais conhecida como febre maculosa, não me admira, foi bem fácil supor o diagnóstico. Na estrada fui parando pelo caminho e encontrei esses insetos por toda parte, essa fazenda está infestada de carrapatos, engraçado que ninguém tenha percebido a infestação, talvez as coisas não tivessem chegado nesse estado. Pelo jeito essa fazenda está jogada às traças, ou melhor, aos carrapatos. Não que eu esteja culpando vocês de alguma coisa, claro que não! Mas, talvez Don Silvério tenha sido negligente. A médica não parava de tagarelar. Mal escutávamos o que ela falava, balançávamos a cabeça por puro hábito. Não era do nosso interesse tentar convencê-la dos nossos esforços em cuidar bem da propriedade. Não tínhamos que provar mais nada a ninguém. Graças a Deus ou ao Diabo o patrão logo bateria as botas, isso era a única coisa que escutávamos. Finalmente poderíamos trancar as portas dos nossos quartos. Ninguém mais invadiria o nosso corpo. Deixamos que continuasse com o seu discurso bestial. De qualquer forma tinha feito muito por nós, não conseguir salvar Don Silvério já fazia da médica de Marbug uma heroína. Nunca imaginaríamos que se tratasse de uma médica, tínhamos certeza de que se tratava de algum médico velho e rabugento. Marbug, não esqueceríamos mais esse nome. Tínhamos razão desde o princípio, o nome soava como marca de cigarro. A médica estava ofegante, pois falava sem se valer de nenhuma pausa. Ficávamos olhando e imaginando como estaria o seu rosto se não tivesse fugido para a ilha. Com certeza seria uma velha feia. Tocou nossos braços nos tirando do transe e perguntou novamente: como vocês farão? Precisarão cuidar dessas coisas burocráticas do morrer. Conhecem alguma funerária para escolherem o caixão?

Não quero me intrometer, eu sei que quem cuida dessas coisas são os familiares, mas não sei se estão em condições de pensarem em todos os detalhes, a morte costuma deixar os parentes em choque. Saibam que se precisarem de ajuda eu estou à disposição de vocês! Eu ajudarei como se fosse um parente consanguíneo. Admito que não tenho muito apreço pelo defunto, porém, não tenho nada contra nenhuma de vocês. Se vocês tiverem dificuldade para pagar o caixão eu posso tentar um desconto com a funerária, eu sempre fui ótima em pechinchar. Sim, foram anos de experiência, eu costumava ir à feira com o meu pai. De repente, fomos invadidas por uma luz. Não, nós não encomendaríamos caixão nenhum. Não precisávamos de um. Muito obrigada pela gentileza, mas não precisaremos da sua ajuda, não compraremos um caixão. Do que vocês estão falando? Imagino que não guardem um caixão na dispensa! Por acaso o luto comeu os miolos de vocês? Estão loucas? Como assim? Vão jogar ele em qualquer canto, como um cachorro sarnento? Apesar de não gostar nem um pouco do pai de vocês, eu não permitirei que façam uma coisa dessas! Afinal, bem ou mal ele é o pai de vocês! Ademais, é totalmente contra as regras da vigilância sanitária! Como uma profissional da saúde não permitirei que isso aconteça! Imagine se todos resolvessem descartar seus mortos sem um pingo de dignidade? Voltaríamos à idade das trevas! Em um minuto seríamos todos dizimados pela peste bubônica. Esqueçam isso! Tratem de arranjar uma boa funerária! Não é isso. Nós faremos o enterro como manda o figurino. Não precisa se preocupar! Ainda não estamos alucinando. No entanto, não encomendaremos o caixão, fazemos questão de confeccionar o caixão do nosso patrão com o suor do nosso rosto. Nada mais digno do que isso! Fabricar o caixão com nossas próprias mãos. Don Silvério ficaria lisonjeado, sempre foi um mão de vaca, com certeza acharia um desperdício gastar uma fortuna com um caixão comprado numa funerária. Se pudesse pronunciar alguma palavra com certeza nos parabenizaria pela ideia. Vocês só podem estar gozando com a minha cara, né? Eu nunca vi uma ideia tão idiota! Contudo, não me admira, afinal, saíram do saco de Don Silvério. Não seria muito mais prudente fazer como todo mundo faz? Ir até uma funerária e escolher um caixão de acordo com o gosto do morto? Sei lá, escolham uma cor que lembre o defunto ou exijam uma madeira de pinho, que deixa o cadáver cheiroso por mais tempo. Além disso, três dias é pouco tempo para fazer um caixão decente. Se eu fosse vocês aproveitaria os últimos dias de outra forma. Nos olhamos com cara de paisagem, o que aquela médica idiota queria dizer com últimos dias? Não vão querer passar cortando madeira e martelando pregos, eu suponho. Pelo jeito era ela que estava delirando! A médica guardou o espelho na bolsa, pelo jeito tinha cansado de se admirar. Não éramos moribundas, moribundo era Don Silvério. Estávamos vivinhas da silva! Não sabíamos se contestávamos ou se esperávamos ela se explicar. Veja bem... Eu não queria abrir a minha boca antes do enterro de Don Silvério... Mas, vocês estão pedindo! Vocês têm motivos de sobra para lamentar. Mas, já que tomaram essa decisão eu terei de falar a verdade para vocês, iria deixar essa história para depois do velório, não queria estragar a despedida de vocês com o moribundo, mas é melhor falar logo, talvez essa notícia faça que mudem de ideia e aproveitem melhor esses três dias antes da morte de Don Silvério. Continuamos olhando fixamente para a doutora, não estávamos entendendo mais nada. A médica pigarreou. Fez uma pausa mais longa do que o necessário. Levantou e esticou os braços. Não havia muito para esticar, pois tinha os braços curtos. Depois remexeu na bolsa amarela, pegou um batom e pintou a boca por cima do batom antigo, mais por costume do que por precisão, retirou um cigarro da cartela, colocou na piteira, pegou o isqueiro e acendeu. O cigarro cheirava a cravo. O cheiro nos embrulhou o estômago. Mas, não nos manifestamos, continuamos olhando a trajetória da fumaça e a boca pintada da médica. Tragou nos encarando, como quem toma coragem para dar uma notícia trágica. O que era bem estranho, afinal, já tinha deixado claro que Don Silvério não sobreviveria. Continuamos em silêncio, esperando a próxima fala. Não estávamos ansiosas, o que teria de tão grave para anunciar? Já contei para vocês como conheci Don Silvério? O pai de vocês estava à beira da morte, infecção generalizada. Abri seu abdômen e retirei uma tesoura de 33 centímetros esquecida por um colega de profissão durante uma cirurgia de emergência, foi o dia em que nos apaixonamos, já tinha ouvido antes que a paixão não passava de uma demência temporária, porém, nunca levei o alerta a sério, achava que se tratava de fantasia de gente biruta, até aquele maldito dia. Escutamos a história sem nenhum interesse. E o que temos a ver com isso?? Nada, só me lembrei dessa história. Mas, não é isso que preciso falar... Não queria desapontá-las... Contudo, não vejo outra alternativa... precisam ser fortes... Infelizmente, Don Silvério não é a única vítima. Vocês já devem imaginar o que eu quero dizer com isso. Do que ela estava falando??? Já não nos era possível acompanhar o raciocínio da médica. Será que vocês sequer desconfiaram? Olhem para vocês, tenho pena de vocês, talvez não tenham se dado conta da tragédia porque cultivavam o morto, me desculpe, quis dizer, cuidavam do moribundo, vocês estão todas com olheiras profundas e o corpo magro como de um cadáver em putrefação. Sinto muito. Deu uma tragada mais funda. Ficou com a fumaça entalada na garganta por uns dois minutos e depois continuou. Queria poder tranquilizá-las e dizer que por serem novas poderão sair dessa ilesas. Infelizmente, não é verdade, provavelmente durarão mais tempo que Don Silvério, contudo, seria leviano da minha parte afirmar que podem escapar com vida. Também nem sei se é vantagem escapar levando em consideração o tipo de vida que levam nesse fim de mundo. Não podíamos dizer que a médica de Marbug estava completamente equivocada, realmente levávamos uma vida de merda. E pensando bem não conseguíamos nos lembrar de ninguém que tivesse uma vida muito melhor. Nem mesmo ela com a sua juventude de mentirinha. Por outro lado, não queríamos morrer, algo nos impulsionava para a vida. Recordamos das plantas que rompem o asfalto e florescem apesar de toda escassez. Rapidamente nossos olhos se encheram de água. Não morreríamos feito um animal encurralado. Não era justo! Tínhamos que experimentar a vida estando livres do nosso carrasco. A boa notícia é que com uma dedetização eficiente talvez ainda seja possível salvar a fazenda e os gados que restaram. Confesso que fiquei surpreendida, apesar da devassidão desse lugar vocês ainda têm meia dúzia de vacas leiteiras exemplares! Bem, também é possível salvar algumas galinhas poedeiras. Falando nisso, caso não se incomodem pedi para um empregado de vocês recolher duas dúzias de ovos, quero levar para a ilha, não temos boas galinhas por lá. Sabe, se tem uma coisa que sinto falta na ilha é de um ovo caipira! Nenhuma iguaria se compara a um bom ovo caipira! Claro, também sinto falta dos queijos caseiros. A médica de Marbug só podia estar zombando da nossa cara. Quem iria se importar com as terras numa situação dessas??? E vacas leiteiras???? E galinhas poedeiras??? Estávamos à beira da morte! Que fosse para o quinto dos infernos! Essa médica não batia bem dos pinos. Se observássemos com cuidado era bem capaz de vermos cair meia dúzia deles pelo chão. Ela não podia estar falando sério! Olhamos para a doutora e fingimos que não éramos suas interlocutoras. Fechamos a cara. Não estávamos mais a fim de conversa mole. Queríamos deixar claro que não estávamos vendo graça nenhuma nesse tipo de assunto. Torcemos a boca. Era uma desmoralização com a nossa finitude, ainda mais vindo de uma médica metida que não envelheceria nunca e viveria eternamente trancada na sua ilha idiota. Ela tinha perdido o senso do ridículo! Vamos, meninas, não desanimem, afinal, ninguém sabe o que tem do outro lado, deem uma olhada no rosto de vocês e vejam com seus próprios olhos. Não queria alarmá-las. Morrer é um processo natural, não precisam ficar tão assustadas! Aquela fala soava ridícula vinda de uma mulher que jamais morreria. Tivemos uma inveja incontrolável da doutora. Todas nós corremos depressa ao espelho enorme da sala de jantar. Colocamos as mãos no rosto, eles estavam encovados como o rosto de Almå. Estávamos sendo castigadas. Nunca gostamos do rosto de Almå. Ela tinha a aparência de um pardal assustado. Se estávamos morrendo com certeza Almå também estava. Não sentíamos nenhum tipo de piedade por ela, pelo contrário, sentíamos prazer em saber que não restaria nada dela. Recordamos que o seu sangue coalhado ainda corria por nossas veias. Tanto trabalho para deixar nossos rostos gordos e suculentos! Tanta dedicação à toa! Agora parecíamos hienas famintas. Olhamos de novo à procura de algum tecido adiposo. Nada. Não achamos nenhum resquício das antigas dobras, estávamos retas como tábuas. Éramos quase as mesmas de lado e de frente. Por um momento parecia que inspecionávamos estranhas ao espelho. Nada indicava que se tratasse de nós do outro lado, talvez fosse um truque daquela médica idiota, quem sabe estava brincando com a nossa cara apenas com a intenção de se divertir um pouco. Queríamos muito acreditar que fosse apenas uma brincadeira macabra. Depois supomos que estávamos dentro de um sonho lúcido e bastava tomar consciência e conseguiríamos guiar da forma que quiséssemos. Começamos a nos beliscar, mas além de não acordarmos, percebemos que não havia carne nenhuma para beliscar, éramos magras feito um saco de ossos. Olhamos além e de novo, continuamos cadavéricas, porém, pelo menos não tínhamos as mesmas sardas de Almå. Sempre odiamos sardas. Conhecemos o que era autopiedade. Nossa pele era uniforme, agora, um pouco esverdeada. Gostávamos dos tons de verde. Colocamos os dedos nas bochechas e eles afundavam como se tivesse um lago profundo em nossas faces. Não achávamos graça. Alguma coisa tinha que ser feita! Aquilo precisava ser revertido! Colocamos as mãos nas nossas ancas. Em seguida, tateamos o nosso corpo, não encontramos mais a exuberância de antes, não era mais possível agarrar os culotes da lateral da cintura. Sentíamos vergonha. Estávamos secas como manequins em vitrines de luxo. Fixamos os olhos fundos nas ancas da médica, embora fosse magra, agora tinha mais carne do que qualquer uma de nós. Ela era horrorosa, no entanto, ainda exibia gordura nos glúteos. Não achávamos nada justo que ela continuasse engordando às custas de nossas galinhas e nossas vacas. Ficamos cabisbaixas, morreríamos como se nunca tivéssemos nos empanturrado de comida. Não era justo. Agora entendemos porque os elásticos das saias pareciam frouxos. Sentamos desconsoladas no chão e choramos. Não conseguíamos pensar em nenhuma outra solução além da autocompaixão e do soluço. Ficamos pensando na beleza dos nossos culotes e no diâmetro enorme da nossa cintura meses atrás. Não nos reconhecíamos. Olhamos para um quadro de paisagem pendurado na parede. Pela primeira vez nos abraçamos e percebemos a magreza do nosso afeto. Éramos tristes como animais famintos e magras como as mulheres infelizes dos romances antigos. A médica de Marbug tentou nos consolar com aqueles cafunés que se faz em cães sarnentos. Um misto de pena e nojo. Pensamos em socar sua mão, mas deixamos para lá, não podíamos desperdiçar força à toa. O cafuné da doutora não surtiu nenhum efeito, os animais não tem noção da própria finitude, nós temos e por isso, continuamos a chorar por algumas horas. Embora o choro não trouxesse nenhum tipo de alívio. Tomamos coragem, nos levantamos e comemos tudo que encontramos na despensa. Choramos de novo, agora empanturradas, mas não menos magras. Pegamos agulha e linha, colocamos bolsos enormes nas saias, enchemos os bolsos com pequenos sacos de farinha, assim tínhamos a impressão que não estávamos tão leves. Depois olhamos para Don Silvério e ele parecia sorrir como uma hiena. Chegamos mais perto da cama e fechamos os seus olhos, ele os manteve fechados, pois não tinha força para abri-los sozinho. Não daríamos esse prazer a ele, não nos veria definhando, que guardasse a imagem de filhas grandes, fortes e roliças. Tentaríamos guardar a mesma imagem. Almã continuou confinada no quarto, talvez apodrecesse por lá. A médica de Marbug tentou nos consolar novamente com uma de suas frases de para-choque de caminhão. Não respondemos. Não queríamos papo. Ela não deveria ter nos alertado. Até algumas horas atrás tínhamos os rabos redondos, se não fosse a maldita médica ter nos colocado a par de nossa tragédia. Não podíamos voltar atrás, agora sabíamos de tudo. Não nos sentíamos confortáveis para dividir nossa desgraça com uma mulher trapaceira e que jamais morreria. Caminhamos novamente em direção ao espelho. Tínhamos a esperança que tudo não passasse de um truque. Estávamos ridículas, as saias volumosas deixavam nossas pernas ainda mais magras. Deixamos as pernas dobrarem, não conseguíamos ver aquela imagem sem nos afetarmos. Estávamos horríveis! Voltamos a chorar e no meio do choro tivemos uma ideia genial. Não morreríamos sozinhas. Claro que não! Não era justo! Limpamos as lágrimas com a ponta das saias, levantamos devagar, nossa irmã paralítica continuava sem se mexer com os gambitos para fora da cadeira. Lutaríamos, não morreríamos em vão. Nossa morte tinha que valer a pena. A médica de Marbug não voltaria para ilha naquele dia. Ela já tinha passado tempo demais na ilha. Fomos até a cozinha e preparamos um café forte. Separamos a melhor xícara e oferecemos para nossa convidada. Ela aceitou imediatamente. Disse que estava muito feliz que tínhamos aceitado nosso destino com resiliência, isso era coisa de poucos. A maioria se descabelaria com a notícia. Anunciamos que iríamos tomar um ar. Façam isso, será ótimo para vocês! Esquecerão um pouco dos problemas. Andamos pela fazenda e juntamos toda a lenha que encontramos, nós reformaríamos o galinheiro, já que a médica gostava de ovo caipira, ela comeria até estourar as tripas. Não tínhamos nada contra a médica, no entanto, não era direito que ela trapaceasse dessa forma, se estivesse segundo a lei dos meros mortais, provavelmente já estaria a essas horas a sete palmos da terra. Não fazia sentido pouparmos a sua vida. Todos morreriam. Perguntamos para a médica de Marbug se ela se importaria em ficar mais uns dias conosco, afinal, pelo jeito ela seria a única pessoa viva pela região, Almã já devia ter batido as botas dentro do quarto, não custava estender a sua estadia por alguns dias. Tínhamos consciência de que fora da Ilha ela envelhecia como os demais, no entanto, uma semana não a deixaria tão mal, sua aparência ainda estava na casa dos trinta. Aliás, talvez até fizesse bem para a sua saúde tomar um sol e comer comida caseira. Sem contar que seria um desperdício jogar tanta comida fora, em poucos dias não haveria nada na fazenda além de porcos e galinhas. A doutora ficou nos olhando pensativa, provavelmente estava calculando o que poderia ganhar com aquilo, colocou as mãos embaixo do queixo e ficou assim por umas duas horas. Não tínhamos pressa, sabíamos que ela não recusaria o convite. Bem, meninas, como vocês já perceberam eu não morro de amores pelo pai de vocês, para falar a verdade eu só sai de Marbug e vim até aqui por pura curiosidade, e vocês sabem, não existe nada melhor do que a curiosidade para nos impulsionar para fazer qualquer coisa. Conheci Don Silvério quando ele estava no auge, era grande, forte e apesar da brutalidade nunca encontrei outro homem mais fogoso, seu pau era incomparável. Como sabem eu não envelheci como ele, ninguém sequer cogitaria que um dia fomos amantes e confesso que não tenho a mínima intenção de sair da Ilha, já me acostumei por lá e toda a comunidade depende dos meus cuidados, embora lá ninguém seja acometido pelo mal da velhice, temos muitos moradores que sofrem de doenças crônicas, adquiridas no nascimento. A eternidade parece muito atrativa, mas não para quem nasce defeituoso. Enfim, não tenho motivos nenhum para querer ficar nesse povoado, porém, sinto que é o meu dever de médica acudir os necessitados, além disso, não quero que vocês morram à míngua. Uma semana por aqui não fará nenhuma diferença para mim. Fiquem sossegadas, ajudarei vocês na partida. Não é direito que as terras sejam tomadas pelos porcos e os alimentos acabem virando lavagem. Apesar do discurso filantrópico da médica, sabíamos que ela queria ficar no povoado porque tinha certeza que todos morreriam e poderia nesse meio tempo pensar em formas eficazes de levar algumas coisas para a Ilha de Marbug. Não contestamos e fingimos acreditar na sua bondade. Agradecemos afetuosamente pela sua generosidade e nos prontificamos a servi-la a semana toda com ovos caipiras da melhor qualidade. Vimos que a sua boca salivava assim que escutava a palavra ovo. Não mentimos, realmente serviríamos ovos todos os dias para a doutora. Almå pediu que fôssemos até o nosso quarto, estava escutando um choro estridente vindo de lá. Com a correria tínhamos esquecido de alimentar a incubadeira. Passamos sete dias e sete noites construindo o galinheiro e diferente do que previu a médica de Marbug, apesar do esforço, continuávamos vivas, magras feito esqueletos ambulantes, mas vivas como cobras. Subimos na balança e mesmo com todo o esforço da semana não perdemos nenhuma grama. Já era um avanço! Enfiamos um quilo de toucinho para dentro, a gordura do porco nos faria bem. Depois usamos as tripas do bicho e enchemos as linguiças. Ter construído o galinheiro nos deu um fôlego novo, alguma energia estranha remexia nossas entranhas. Estávamos vivíssimas! Não confiávamos na médica de Marbug, talvez estivesse mentindo, o seu intuito era nos apavorar, provavelmente nutria raiva por sermos filhas de Don Silvério. Ela tentou nos dar um elixir, falando que talvez pudesse prolongar nossas vidas em algumas semanas.

No entanto, apenas fingimos tomar, ela poderia estar querendo nos envenenar. Não dava para confiar numa mulher que se deitou com Don Silvério. Não estávamos convictas que morreríamos tão rápido quanto afirmava a doutora, era bem possível que ainda durássemos muitos anos, não sentíamos o bafo da morte.

Capítulo 4

De corpo presente

Pai perseguia incessantemente o cadáver do tempo

Graças a Deus estávamos na estiada. A poeira anuviava os olhos. A chuva era apenas uma memória vaga na cabeça oca das filhas de Don Silvério, agora elas queimavam os miolos por causa das formigas bitelas, estas já começaram a abandonar o solo, subir na superfície, invadir as cozinhas e comer tudo que viam pela frente. Fizeram uma dedetização. Foi inútil. Não havia nada que desse jeito. Por mais que escondessem as comidas as formigas sempre encontravam um meio eficaz de burlar as barreiras e se fartavam no alimento alheio. Ainda assim elas preferiam o tempo quente, na seca os corpos ficavam mais pesados, brilhosos e corados devido ao calor escaldante. Aproveitavam o sol para lavar as cortinas e os cobertores. Quaravam as roupas menores numa felicidade infantil. Não consigo imaginar essas mulheres gordas e ossudas abrindo uma vala durante a época de chuvas. Decerto que com a água caindo a terra deveria ficar mais fofa e fácil de cavar, no entanto, não deveria ser agradável se molhar durante horas até a cova ser aberta. Talvez elas nem sequer tivessem pensado sobre isso. Nos últimos dias pensavam apenas nos preparativos do velório. Enterrariam o corpo em qualquer circunstância. Afinal, um corpo sem vida não poderia ficar se exibindo no meio dos vivos. Quanto antes soterrassem o corpo do patrão melhor. É mais fácil esquecer o que está longe dos olhos. As filhas davam graças a Deus por não terem puxado a cara do pai, poderiam olhar à vontade no espelho, não se recordariam dele. Don Silvério continuava imóvel sobre a mesa, não soltava nem gases, o falo encurtado e escondido sobre o tecido da calça, sarja, sim, acho que era esse o tecido, não botava mais assombro em ninguém. Agora tinha o corpo magro, como se tivesse feito meses ininterruptos de dieta rígida, a pele esverdeada e a cara abatida. Parecia que ia espirrar a qualquer momento, porém, era só impressão, um espirro necessitaria de uma força que já não alcançava o corpo de Don Silvério. Era um doente comum, de uma feiura impressionante como a de qualquer outro moribundo. Se estivesse exposto em uma sala com outros moribundos passaria completamente despercebido. No entanto, estava ali, sozinho e era o único morto da casa, de forma que todos repararam nele. As filhas de Don Silvério respiraram aliviadas por saberem que logo se tornariam órfãs. A família do lado de lá logo chegaria, elas esperavam curiosas, afinal, sempre se interrogaram o que o patrão fazia durante meses na outra vila. Se fosse menos carrancudo poderia ser até mesmo confundido com uma mulher ou com um cavalo doente. Talvez tivessem pena do cavalo. As filhas não tinham piedade de Don Silvério. Não tinham motivos para ter. A piedade precisa ser cultivada, não foi. Lavavam as mãos. Já tinham feito muito por aquela família impostora. Outras no lugar delas já teriam abandonado há muito tempo a pensão. No entanto, elas possuíam uma certa fraqueza que as impediam de arredar o pé do povoado. Talvez fosse a vista da janela. Pelo andar da carruagem morreriam naquelas terras assim como o patrão. Quem sabe ficariam ali com os cadáveres expostos feito uma erva daninha, não tinham outros parentes que as velassem e enterrassem, se quisessem teriam que cavar a própria cova. Não era uma má ideia. Lembraram de Noah, por algum motivo estava demorando, elas estavam esperando a sua chegada desde a madrugada, mas nem sinal. Don Silvério estava com um aspecto terrível, nunca tinha sido bonito, isso servia como uma espécie de consolo. Já não distinguia se fazia sol ou chuva, dentro da sala todos os dias eram iguais. Não tinha mais coceiras, o seu corpo todo se apaziguava, como se tivesse se conformado que a morte o engoliria com ossos e tudo. Não era possível ter certeza que houvesse uma alma dentro daquele corpo desengonçado. Não conseguiam enxergar uma alma mesmo quando estava vivíssimo. Embora não pudesse se preocupar com a higiene, afinal, estava quase morto, ainda assim banhavam o patrão. Os banhos aconteciam na mesa mesmo com uma bacia de água, detergente e panos úmidos. Agora se tornara um homem inofensivo, não botava medo nem em uma mosca. Aliás, as moscas pousavam aos montes no seu casco. Melhor assim. As filhas se retiraram por alguns minutos, se banharam e vestiram uma túnica preta sem nada por baixo, não queriam perder tempo com bobagens femininas. Além disso, sabiam que esse era o desejo pervertido do "Pai". Faziam questão de atender ao seu último pedido. Não tinham do que reclamar, era bom sentir o ar subindo e fazendo cócegas no meio das pernas. Fazia semanas que não sentiam nada entrando no meio das pernas. Sussurraram o nome de Noah. Se não tivessem conhecido Noah jamais teriam conhecido o afeto. Agora necessitavam de algo que antes não lhes era necessário. Noah ao pisar no povoado inventou uma vontade nova, que agora percorria os corpos das filhas de Don Silvério. Contudo, não sabiam se veriam

Noah de novo. Então, se entregavam ao prazer mais próximo. Há uns dois meses atrás se deitaram com um dos caixeiros-viajantes, ele não tinha nada na cabeça, era mais prático e menos cansativo que fosse assim, em compensação, tinha um pau duro como tora. Um pau duro compensava um miolo mole. A diversão durou alguns dias, ele logo foi embora, nunca ficava muito tempo no mesmo povoado, o bom é que a brincadeira era sempre nova, além disso, tinha deixado na cidade vizinha a mulher e cinco filhos, não podia se ausentar por muito tempo, enquanto ele as divertia, com certeza algum engraçadinho deveria estar cheirando o traseiro da sua esposa, e sabe como é, mulher só é santa se a coleira é curta. Depois desse discurso instrutivo, levantou, lavou o pau na pia do banheiro, subiu as calças, vestiu a camisa surrada e cheirando a suor, ninguém voltou a vê-lo. Com certeza o seu pau deixou muitas mulheres saudosas, embora ninguém recordasse do seu nome nem do seu rosto. As filhas de Don Silvério deram uma longa esticada nos braços, deixando aparecer discretamente as axilas, depois foram para a cozinha cantarolando uma música antiga. Estavam gordas como porcas perto do abate, a magreza de antes desapareceu em uma semana, assim que encarceraram a médica de Marbug no galinheiro. Já Almå não deixou o quarto, não foram verificar se estava viva ou morta. Olharam no espelho. Não se importavam por estarem ainda mais gordas que antes, pelo contrário, se orgulhavam do próprio peso, passavam perto da magreza de Don Silvério assobiando e balançando a barriga altivas. Ele que morresse de inveja! Tinham um excesso de vida que o patrão jamais voltaria a ter. Agora engordariam mais e mais e assim se tornariam cada vez mais distantes de Don Silvério e do seu corpo moribundo. Quando elas passavam as banhas balançavam, elas sorriam orgulhosas dos seus excessos. Enquanto se perdiam nesses pensamentos macabros enfiavam biscoitos na boca até as bochechas duplicarem de tamanho. Cogitaram que podiam ter mandíbulas mais extensas, assim engordariam mais rápido, logo trocaram essa ideia por outra e depois por outra. Em seguida esqueceram de pensar sobre o maquinário ineficiente de seus corpos limitados. Esquentaram água e encheram as garrafas com café fresco. Mesmo quem não gostava de café costumava tomar nessas ocasiões para aplacar o sono. Elas jamais tinham sono, dormiam por pura obrigação. Tiraram os pães do forno. Desenformaram os bolos. Don Silvério não comeria, ainda assim elas faziam um banquete, talvez para recordá-lo de que estava morto. Antes dos preparativos do velório, elas fizeram questão de podar os manacás, tinham de aproveitar o tempo seco, não queriam que as flores nascessem feias no próximo ano. Finalmente o patrão não poderia mais brincar de jardineiro. Além disso, era bem provável que Noah as visitasse na entrada da primavera. Tinham saudade do falo discreto de Noah, se parecia com o broto de uma flor que não nasceria, só se insinuava entre os galhos. Noah não gostava de manacás, mas se divertia falando mal deles ou esfregando as genitálias nos seus troncos, não entendíamos patavinas da sua língua, contudo, era evidente que botava defeito nas árvores ordinárias e não frutíferas. Noah parecia um vampiro, ou nunca dormia ou tinha sono durante a noite, de dia trazia duas olheiras fundas penduradas na face. Não a recriminávamos, apenas achávamos estranho a sua vigília constante. Das últimas vezes veio montadǝ num burro chucro, assim que chegava, amarrava o coitado no pé de manga, às vezes, batia um vento e uma manga acabava na boca do animal. Costumava dar uns tapinhas na cabeça do burro, depois cochichava algo nas suas orelhas, o burro relinchava e logo sossegava. Não entendiam qual era o truque, tentavam adivinhar por alguns minutos, depois se esqueciam de lembrar. Noah gostava de comer tâmaras, costumava trazê-las desidratadas dentro dos bolsos. De hora em hora colocava uma na boca e depois cuspia o caroço, torcendo para que germinasse. Elǝ admirava a utilidade das árvores frutíferas. Noah entrava na cozinha, sentava na cabeceira da mesa, apoiava um cotovelo nas pernas, coçava o saco invisível e tomava seu café preto. Sem açúcar, enfatizava assim que era servidǝ. Não costumava comer nada. Embora não compreendêssemos a fala do seu povo, líamos como ninguém os sinais que elɣ fazia com as mãos. Noah embora tivesse sangue cigano já não era tão nômade como no princípio, cada vez que visitava as filhas de Don Silvério ficava mais tempo fixadɣ na vila. O afeto serve para deixar as pessoas preguiçosas e pançudas. Não seria errado supor que em alguns anos decidisse ficar de vez, talvez até adotasse um cachorro, plantasse uma carreira de morangos e comprasse umas pantufas. Não me admiraria se trouxesse escondido na mochila uma velha caixa de ferramentas herdadas do pai. Já não tinha um espírito guerreiro, arrotava alto como os velhos cansados e barrigudos. Ficava sentada horas na soleira da porta fumando e pigarreando. Vez e outra sentava de costas para as filhas do patrão e pedia que lhe arrancassem os cravos mais visíveis. Não todos, apenas os mais visíveis. Elas ficavam em meia roda espremendo delicadamente a carne inconstante de Noah. Disfarçadamente encostavam as genitálias no tronco extenso de Noah, num leve movimento de vai e vem. Noah sentia um ligeiro arrepio no saco escrotal minúsculo. Não era difícil perceber que elas usavam saias longas sem nada por baixo. Noah fingia ignorância por meia hora, quando supunha que as filhas do patrão já estivessem bem molhadas lambia as pontas dos dedos e levantava as saias de uma por uma, pedia que elas auxiliassem com o trabalho, podia uma ir ajudando a outra, afinal, ele só tinha duas mãos e uma língua, não conseguiria chupar todas e nem enfiar ao mesmo tempo nas sete irmãs, elas obedeciam sem reclamar, enquanto Noah enfiava a mão em uma, as outras se acalmavam trocando os dedos e as línguas. Ficavam nessa brincadeira por algumas horas, até que explodiam num gozo forte e tranquilizador. Depois limpavam as bocas na manga das camisas, passavam as mãos levemente no amassado das saias, esqueciam os cravos e voltavam ao trabalho como se nada tivesse acontecido. Saiam satisfeitas como um cachorro que acabou de comer um pedaço de bife suculento. Don Silvério continuava extático sobre a mesa de jantar, sua cabeça grande se perdia entre as caçarolas. Quatro coroas de crisântemos atrapalhavam a passagem, de forma que não era possível passar duas pessoas ao mesmo tempo pela porta de entrada, se formou uma fila do lado de fora, um empurrando o outro para ver quem entrava primeiro. A sala estava lotada, os vizinhos não paravam de apontar na estrada, embora ninguém os tivesse convidado, eles chegavam aos montes, a pé, de charrete, a cavalo, de bicicleta. Um homem morto causa mais comoção do que um cão vivo. Um bando de gente feia e defeituosa, parecia que tinham aberto a porta do inferno, coxos, corcundas, cegos, surdos e mongoloides. Sim, era dessa família que Almã sentia ciúme. Vendo o cortejo passar pelo corredor era quase cômico imaginar que alguém sentia ciúmes daquelas criaturas. Não era possível que Almå fosse tão tapada. As filhas de Don Silvério não sabiam se riam ou se choravam. Ele era nosso PAI, cada um que passava pela porta repetia a mesma ladainha. No entanto, era impossível que Don Silvério tivesse parido tantos desmiolados! Ele sequer possuía o dom da paternidade. Nenhum pai possuía, apenas copulavam. Além disso, não havia vantagem nenhuma em ser filho de um defunto. Não entendiam o motivo de tanta gritaria e tanto afeto desmedido por um homem sem escrúpulos. Choravam, gritavam e gemiam sem parar. Estavam todas em volta do caixão, idolatrando o patrão, embora o caixão não passasse de um baú de madeira sem nenhum corpo dentro. Sim, esse era o desejo de Don Silvério, ele não queria que o seu corpo apodrecesse debaixo na terra, no entanto, talvez por convicções cristãs ou por pura birra, queria ser velado em espírito. Eram todas estúpidas, com certeza tinham retardo mental. Contudo, logo perceberam que o corpo de Don Silvério não estava ali, seguiram o cheiro e chegaram até a mesa de centro. Está vendo, paizinho? Elas queriam nos enganar, esconder o paizinho da gente. Paizinho, tadinho do nosso paizinho, a terra quer engolir nosso paizinho, nunca mais pegaremos nosso paizinho no colo, tão pequenininho, parece um pardal assustado, nunca mais vamos poder brincar com o seu badalo, nem fazer chupe-chupe, quanta gente malvada, a gente falava para o senhor não acreditar na família do lado de lá, o senhor deveria ter ficado só com a gente, deveria deixar essas lambisgoias morrerem à míngua, essas horrorosas, ai paizinho, por que o senhor insistia em voltar para elas? Elas nunca gostaram do senhor, sequer davam de mamar para o paizinho. Elas têm as tetas gordas e não servem para nada, elas não têm um pingo de leite. Se elas tivessem dado as tetas para o paizinho chupar hoje elas estariam esbanjando fartura por aí. Mas, elas são egoístas, não gostam de ajudar o paizinho. Lembra paizinho que o senhor mamava a tarde todinha nas nossas tetas? A gente nunca negou leite para o paizinho. Não éramos ruins como elas. Lembra paizinho que o senhor nem precisava pedir e a gente já tirava as calcinhas e ficava galopando em cima do senhor até o senhor nos dar o seu leitinho quente? Elas têm sangue nos olhos, elas são malvadas, olha só o que fizeram com o nosso patrãozinho, comeram a carne dele pelas beiradas, está pele e osso, viu paizinho, tínhamos razão, essa gente não presta, não presta nem um tiquinho, não gosta nem um pouquinho do senhor, mataram o senhor de inanição, deviam morrer secas, nunca mais tiraremos as tetas cheias de leite e colocaremos na boca do nosso paizinho, coitadinho, vai morrer de fome debaixo da terra, veja só que desperdício, o leite caindo à toa, molhando a terra e o senhor desnutrido, parecendo um rato do mato, sem forças para nada, ai paizinho, que saudade de sentir sua boca sugando nossas tetas cheias de leite. Que pena paizinho! Tão fraquinho! O coitado não consegue sugar nem mesmo um fiozinho de leite! Enquanto falavam direcionavam as tetas pingando leite para a boca moribunda de Don Silvério, depois guardavam novamente as tetas dentro das blusas. Apesar da feiura do resto do corpo, os seios eram bonitos e davam vontade de chupar, a auréola era de um rosa extremamente vivo, qualquer homem ficaria com o pau duro ao avistar aqueles peitos, até esqueceriam que estavam pendurados em corpos tão mal- acabados. Se eu não tivesse que narrar a história não teria resistido, teria abocanhado aqueles peitos e chacoalharia meu pau no meio deles até enchê-los de porra. Elas continuavam ordenhando deliciosamente as tetas. O leite molhava a boca do defunto e escorria para o chão formando uma pequena poça esbranquiçada. As filhas de Don Silvério olharam na altura dos seios daquelas mulheres capengas e por incrível que pareça todas tinham os seios fartos e dava para ver o leite escorrendo e formando uma mancha açucarada na blusa. Aquilo era bizarro! A maioria passava dos setenta anos, com exceção de duas meninas gêmeas com microcefalia. A natureza, às vezes, é perversa e não se importa em duplicar aberrações, as duas corriam e sorriam em volta do caixão feito duas condenadas, não se importavam com a própria inadequação, pelo contrário, se divertiam com a desgraça, quando gargalhavam era possível ver a falha dos dentes da frente. *Você não me pega, você não me pega!* Não se tornavam nem mais feias nem mais bonitas por isso. As filhas do patrão não interferiram, apenas se entreolharam, provavelmente com a intenção de dar uma rasteira nas crianças e acabar com a festa. Se controlaram, no entanto, na primeira oportunidade cravaram um beliscão nas pestinhas. Elas se enfezaram e a brincadeira perdeu a graça, agora brincavam quietas no chão, vez ou outra puxavam com força o rabo do gato ou tentavam puxar sua língua e segurar com a ponta dos dedos. Não pareciam criaturas humanas. As filhas de Don Silvério tentaram não observar mais as gêmeas, iriam ver se Don Silvério continuava intacto sobre a mesa. O patrão continuava com a mesma fisionomia de um fantasma recém-chegado, as pálpebras já não subiam e desciam, continuavam paradas no meio da pupila. Gostávamos de observar o silêncio que aos poucos ia tomando conta da alma do patrão. Já não perturbava como costumam perturbar os homens vivos, agora se parecia mais com uma instituição falida e de portas trancadas, já não podia responder pelos seus crimes, agora eram todos inimputáveis. Voltaram para perto do caixão. As duas pestinhas já mostravam sinais de tédio, o gato cansou das brincadeiras perversas e fugiu. Por um minuto as filhas de Don Silvério tiveram a esperança de que elas adormecessem ali mesmo no chão. Não adormeceram, logo o entusiasmo voltou para dentro daquelas miniaturas de gente. Depois de alguns minutos voltaram a correr em volta do caixão, perguntaram se podiam abrir e enfiar uma flor no cu do defunto, era uma tradição dos seus parentes e elas queriam seguir o legado do seu povo, embora fossem mirradas e catarrentas. Enquanto as filhas de Don Silvério mordiam os beiços de raiva, as meninas giravam os caules nas mãos pequenas, depois davam uma mordiscada nas pétalas e logo começaram a repetir com um tom lamuriante de ladainha CU CU CU CU CU CU. O fato de terem cabeças minúsculas e desproporcionais ao corpo não as impediam de serem inconvenientes feito o capeta. Não era possível imaginar o que fariam caso as suas cabeças fossem o dobro do tamanho do resto de suas carcaças. As filhas de Don Silvério não responderam nada, mas deram um jeito de dar mais dois beliscões nas meninas. Elas nem se importaram, viraram a cara e mostraram a língua, depois continuaram procurando o cu de Don Silvério com a flor na mão, no entanto, não encontraram corpo nenhum. Don Silvério se reviraria no túmulo, se tivesse dentro de um. Não estava, continuava deitado na mesa, no centro da sala de jantar, assim todos lembrariam quem mandava naquela birosca. Mesmo depois de morto ele não permitiria que as filhas fizessem o que bem entendessem, aquela casa pertencia a ele, elas teriam que continuar a obedecê-lo, não era porque estava morto que a sua memória deveria ser desrespeitada. Não deixaria que as filhas transformassem a pensão num bordel. Não tinha perdido anos trabalhando duro para que destruíssem seu patrimônio. Logo avistaram Noah de longe, no início acreditaram que Noah viria apenas para visitá-las, afinal, a essa altura já estavam íntimas. Contudo, ela veio com os defeituosos do lado de lá, era difícil colocar Noah na mesma categoria daquelas pessoas insuficientes e de almas amputadas. Não queriam acreditar, contudo, era evidente, Noah também era uma das crias de Don Silvério, ainda que não o idolatrasse como o resto do povoado. Noah era uma ovelha desgarrada. Ainda assim uma ovelha com os genes anormais do patrão. Desviaram o olhar de Noah e voltaram a atenção para o velório. As gêmeas se agacharam e quando perceberam que as filhas de Don Silvério estavam distraídas elas aproveitaram para levantar as suas saias, depois saíram correndo e gargalhando. As filhas do patrão não entendiam como ele conseguia passar uma temporada inteira naquele povoado, não dava para prever o que ele procurava por lá, só havia um povo velho e idiotizado e essas duas irmãs com o diabo no corpo. Devia haver algum tipo de segredo que elas não se davam conta. Mas, o que seria? Não fazia sentido nenhum. Don Silvério não perdia tempo à toa, tampouco visitava o povoado por filantropia. Nunca teve o defeito da bondade. Não gostava de ninguém, disso elas tinham plena convicção. Olhavam para as cabeças minúsculas das gêmeas e agradeciam por jamais terem parido. Provavelmente teriam sido péssimas mães e tratariam os filhos como um objeto de pouco valor que não merece zelo. Ao menos não precisavam lidar com o martírio de colocarem no mundo seres feios e mancos. Inconformadas com o marasmo, as gêmeas resolveram fazer do caixão um pêndulo, uma empurrava de um lado e a outra empurrava do lado contrário. Gargalhavam como bruxas. O caixão balançava feito um berço gigante. As filhas de Don Silvério olhavam atentas à aglomeração, tentavam adivinhar quem seria a responsável pelas meninas, no entanto, ninguém fazia menção de responder por aquelas criaturas bizarras. Elas já estavam perdendo a paciência! Ninguém se manifestava, também não viram ninguém tentando impedir as meninas de fazerem aquela anarquia no meio do velório. Consideravam o fato aceitável, também disfarçariam caso fossem suas crias. Não dava para supor que alguma mulher se sentisse dadivosa por parir duas bestas iguais. Continuaram procurando com os olhos. Ninguém ali parecia ter o dom da maternidade. O negócio era ir por tentativa e erro. Chamou a senhora que aparentava ser a mais nova delas, ainda que fosse velha o bastante para ser avó. No entanto, ela não deu confiança, e se mostrou até incomodada com a ousadia, mostrou a língua e virou a cara para o lado oposto, fingiu ser surda, depois balançou os ombros e enfatizou que no povoado as crianças eram responsabilidade de todos e por isso mesmo se tornavam reponsabilidade de ninguém, de forma que se as filhas de Don Silvério estivessem incomodadas que tomassem suas próprias providências, não podiam dar ordens na casa dos outros, as filhas de Don Silvério poderiam fazer o que bem entendessem com as gêmeas, ela não se meteria em um assunto que era e não era dela. Ninguém se meteria em um assunto que era e não era seu. O melhor era não darem importância para as duas pentelhas, pois quanto mais irritadas vocês ficam mais elas se divertem e não vão querer parar as brincadeiras nunca mais. O conselho não era de todo inútil, as crianças realmente gostam de atenção. Bem se vê que Don Silvério deu muita mordomia para vocês. Veja só, gordas como porcas, ele jamais permitiria que comêssemos tanto, gostava dos nossos corpos assim, faltantes. Rabugentas. Pena que Don Silvério morreu, ele jamais deixaria essas lambisgoias mexer comigo, eu era a preferida dele, o seu xodó, sim, era assim que me chamava, vem meu xodó, senta no colinho do pai. Eu erguia a saia para não atrapalhar e sentava gostoso, às vezes, dava uma pequena rebolada, porque sentia suas coisas endurecendo por debaixo da saia, não precisa levantar não meu xodó,

EM-NOME-DO-PAI • (TRILOGIA INFAMILIAR) 211

é só o meu bichinho feliz com a sua chegada, e eu continuava ali, até o bichinho do pai sossegar e cuspir uma baba esbranquiçada na minha menina, depois eu passava a mão e espalhava a gosma quente, era gostosinho, minha periquita estremecia. Garanto que essas metidas não entendem nada disso, nem deviam acarinhar o pobre velho, não deviam não, ao invés disso, deixaram o coitado esvaziar como uma moringa partida ao meio. Olhou de esguelha para as filhas de Don Silvério, os incomodados que se mudem, falou rangendo os dentes amarelados. As filhas de Don Silvério continuaram paradas como um dois de paus. Ficaram sem reação. Por feito a mulher virou as costas e expôs uma corcunda grande e suturada. Embora fosse feia feito o diabo tinha a língua afiada e não parecia baixar a bola para ninguém. As filhas de Don Silvério se deram por vencidas, não podiam fazer nada contra aquelas meninas endiabradas, teriam que esperar o velório acabar, pelo jeito era a única forma de ficarem em paz. O único inconveniente é que ainda estava começando a entardecer, tinha chão até o outro dia. Elas foram até o quarto e voltaram munidas de fones de ouvido, assim não escutariam mais as vozes estridentes das gêmeas, apenas continuariam vendo as suas estripulias. Às três horas da manhã o galo cantou. As gêmeas o prenderam dentro do caixão e se divertiam com o bicho esperneando lá dentro. Gritavam empolgadas: a morte é barulhenta, a morte é barulhenta! Depois corriam em círculos como se quisessem proteger o caixão de um ataque inimigo. Ninguém do seu povo se mexia. Nem pareciam se importar com o canto estridente do galo. A corcunda continuava com um ar altivo e de desentendida, continuava considerando que ninguém era responsável pelas crianças. As filhas de Don Silvério acharam melhor continuarem com os fones de ouvido e a cara de paisagem, negavam a olhar na direção das gêmeas, não queriam perder o pouco de placidez que ainda carregavam. Três da madrugada. Olharam para fora e estranharam o fato de Noah ainda não ter aparecido para cumprimentá-las, parece que se esvaiu no meio daquele povo fedorento. Continuaram procurando dentro da casa, mas nem sinal de Noah. Resolveram parar de procurar e foram velar o defunto. Olharam e não acreditaram no que viam. Noah deve ter saído e depois entrado pelas portas dos fundos sem que elas percebessem. Noah estava sentad⚥ ao lado do corpo de Don Silvério. Estava acariciando os seus cabelos volumosos, os seus seios estavam despencados por cima da blusa, el⚥ encaixou um deles na mão morta do patrão e o outro estava vertendo leite na sua boca.

Capítulo 5

Carta-testamento

Antes de morrer meu desejo era ser enterrado, eu queria saber que de tempos em tempos os meus parentes teriam que me desenterrar e me encarar de novo e ver o que sobrou de mim, de repente, se dariam conta que usaram formol demais e eu ainda não tinha desintegrado, teriam que velar novamente o meu corpo, me enterrar de novo e de novo, chorar, chorar e chorar, assim morreria por muitos e muitos anos e estaria vivíssimo em suas memórias.

No entanto, eu mudei de ideia. Eu não quero ser nem enterrado e muito menos exumado, nenhum outro cadáver tomará o meu lugar, já basta ter sido substituído em vida, depois de morto eu faço questão de ocupar um lugar extenso, de preferência a sala de jantar. Sim, quero que o meu corpo permaneça na casa. Não é porque morri que farão o que quiserem, eu estarei olhando por todas vocês. Nada escapará das minhas vistas, ainda que mortas.

Eu, Don Silvério, deixo para a minha família o povoado que construí do outro lado do rio, todos os habitantes têm o meu sangue escorrendo nos braços, nenhuma mulher viveu sem ter passado ao menos uma noite em meus braços, embora nenhuma delas traga no registro o meu nome, esse apenas vocês, minha família primeva, tem o privilégio de assinar. Levando em conta que todos os habitantes são consanguíneos não lucrarão tanto com a posse da cidade, pois a maioria dos cidadãos são mongoloides e não conseguem executar tarefas de média complexidade, no entanto, servem muito bem para a lida na roça, eles possuem força física mediana, o suficiente para o corte da cana. Sendo assim vocês são as únicas herdeiras da minha fortuna, a qual inclui a pensão e todos os animais sobre a terra ao longo de cem alqueires.

Deixo a cidade fundada para as minhas sete filhas legítimas, lembrando que embora seja uma terra seca e de muito sol, ela é muito eficiente para determinadas culturas de plantas, além disso, poderão ficar por lá na época das chuvas. A cidade tem um manicômio e um asilo, mas não terão que se preocupar em mantê-los, os próprios pacientes se autorregulam. Pode parecer estranho por ser uma cidade de defeituosos, porém, eles são dotados de uma estranha compaixão pela humanidade e talvez entendam que não haveria outra forma de agir, talvez não passe de uma espécie de autopiedade, se sacrificam pelos outros porque sabem que fariam o mesmo por eles quando estiverem velhos e ainda mais imprestáveis. A cidade também possui uma fábrica de tecidos. As mulheres trabalham dia e noite, elas se revezam para dar conta das máquinas de fios de algodão, um minuto de distração e todo trabalho é perdido. A fábrica não dá grande lucro, mas garante a vestimenta de todo o povoado. Também temos vários pequenos negócios como o mercado de queijos de cabra e a produção de mel de abelhas da macadâmia. As mulheres mais jovens se dedicam a apicultura. Em muitos lugares do mundo não existem mais abelhas. Somos os maiores produtores de abelhas das redondezas, temos o melhor mel da região. Embora nenhum desses negócios tenham gerado grandes riquezas, se forem bem administrados possuem potencial para isso. Infelizmente, os habitantes do povoado possuem um certo atraso mental e não conseguem gerir a contabilidade com eficiência. Contudo, acredito que vocês podem dar um jeito nisso e aproveitarem dessas riquezas como acharem melhor. Fora essas coisas de cunho prático, caso interesse, existe um álbum de fotos guardado na despensa da casa principal. Ele foi feito desde o início da fundação da cidade. Então, vocês podem acompanhar todos os acontecimentos, desde o surgimento da estrada até o nascimento dos primeiros habitantes.

Capítulo Final

Extremunção

*Perto daqueles homens eu me sentia um burro chucro em
meio a cavalos puro sangue*

Agora a pensão se perdia num silêncio moribundo. A
madrugada parecia esconder duas noites, embora não
prenunciasse nenhum sol. Os pernilongos não zumbiam.
Era até difícil imaginar que um dia pisaram sobre os as-
soalhos corpos vivos e cheios de vísceras dentro. Agora
nada conseguia respirar. Parecíamos uma leva de peixes
asfixiados dentro do aquário. Não escutávamos os arro-
tos dos vivos. Não escutávamos o ranger de dentes durante o sono. Não havia marcas de pé no chão encerado.
Não havia baforadas nos espelhos. Nem restos de esporro
nas toalhas. A bexiga e o estômago dos homens continua-

vam vazios. Flutuavam feito balões de festa. A fome já não os assolava e não havia sinais de que os seus sistemas digestórios ainda funcionassem. Não havia respingos de mijo no urinol. Nem pelos no ralo do banheiro. Nem cabelos nas escovas. A torneira não pingava interrompendo o sono dos mortos. De canto de olho vigiávamos os nossos defuntos. As varejeiras não apareciam durante a noite graças a Deus. Não precisávamos nos preocupar. Cochichávamos umas no ouvido das outras. Não ouvíamos nada. Tímpano bigorna martelo estribo. A estrutura do ouvido não nos dizia nada. Continuamos não escutando como se tivéssemos nascido surdas ou com um osso atravessado no crânio. Os cabideiros nos cantos do quarto simulavam dois fantasmas. Não nos assustávamos. Não sentíamos pena das almas penadas. Embora admitíamos que devia ser tedioso habitar uma casa-sepulcro. Nossos pés estavam pálidos e gelados. Mexíamos as mãos e elas faziam sombras nas paredes, às vezes, as mãos se transformavam em coelhos, outras vezes em pássaros enjaulados. Outras vezes não passavam de duas mãos sem função suspensas pelos braços. Enfiávamos as mãos nos bolsos e nos dávamos por vencidas. Logo depois precisávamos usá-las novamente para aplacar a tosse. Elas não eram completamente inúteis. Tossíamos como tuberculosas, devia ser o ar denso que se acumulava nos cômodos. Sentíamos como se fôssemos pacientes de manicômios do século XVII. Nossos pulmões chiavam se contrapondo ao silêncio absoluto da casa. Nossos pulmões eram as únicas coisas vivas naquela espelunca. Não nos desculparíamos por este fato, tampouco faríamos alvoroço. Costumávamos nos apalpar para ter ciência da própria finitude. Não chorávamos pelos desencarnados. Não tínhamos aprendido a nos incomodar com os defuntos ou com a ausência dos corpos. Pelo contrário, nos sentíamos confortáveis por não ter que lidar com a histeria dos corpos vivos. A quentura dos corpos vivos nos incomodava. De qualquer forma ainda que quiséssemos não podíamos chorar. Desconfiávamos que nem sequer tínhamos glândulas lacrimais e se tínhamos não serviam para nada. Nossos olhos eram arenosos e apenas distinguiam vultos. Volta e meia pingávamos colírios para ver com mais nitidez. Não sentíamos pelos mortos. Tampouco lamentávamos pelos vivos. Seria no mínimo uma atitude leviana. Era uma dor que decerto não nos abatera. Se levássemos uma pancada na canela talvez conseguíssemos gritar de dor, fora isso, tudo nos soava indiferente. Não nos dizia respeito. Por mais que nos esforçássemos o soluço não vinha. Para nós o destino dos vivos não tinha a mínima relevância. Não nos interessávamos pelas árvores genealógicas dos vizinhos, mal decorávamos os seus nomes. Não sabíamos nada sobre os seus hábitos. Não conhecíamos as suas companheiras. E se nos perguntassem sobre os seus traços não seríamos capazes de dizer absolutamente nada. Recordávamos vagamente, umas vezes considerávamos que tinham os narizes chatos e os olhos rasgados, outras vezes que tinham narizes aduncos e olhos saltados. Também não decorávamos os nomes das ruas e das praças que homenageavam combatentes de guerra. Não nos interessava saber quantos homens tinham morrido ou ficado aleijados nos campos de batalha. Nem de longe os homens nos intrigavam, considerávamos suas vidas previsíveis, tediosas e disfuncionais, como um relógio pendurado numa fábrica falida ou um calçado de festas esquecido no fundo da sapateira. Na cadeia alimentar víamos mais utilidade nos urubus, ao menos comiam os cadáveres e ajudavam na limpeza da natureza. Já os homens não tinham utilidade nenhuma, não era possível sequer aproveitar a carne como costumávamos fazer com os porcos que morriam fora do tempo. Também aproveitávamos a carne das capivaras e dos javalis. A carne dos vivos era indigesta. Não nos vestíamos para os dias de festa, não frequentávamos as missas de domingo e pouca paciência tínhamos para as seitas clandestinas ou para os rituais sagrados. Não ajoelhávamos para nenhuma entidade. Já tínhamos presenciado várias incorporações, no entanto, não víamos nada além de uma encenação mal feita regada a cigarro e cachaça. A fé não nos acompanhava. Não acreditávamos em nada! É como se tivéssemos nascido mancas ou sem um braço. Por mais que tentássemos não conseguíamos ver nada. Éramos preenchidas por uma estranha praticidade. Se perdíamos nossas tardes esculpindo vasos é porque eles eram ótimos para manter a água gelada. Não havia nenhum outro motivo oculto. Não havia sequer uma razão estética. Não gostávamos dos vivos e ponto. Não era algo difícil de compreender, qualquer pessoa com juízo teria o mesmo sentimento. Não precisamos tecer comentários cansativos sobre esse fato. No fundo ninguém está interessado em ouvir. Todos perdidos nas suas próprias desgraças. Era muito fácil convencer as pessoas sobre nossa aversão aos nossos descendentes. A maioria acabava concordando que era mais fácil detestar a humanidade do que apreciá--la. Nunca fomos tomadas pela compaixão. Tal palavra fazia parte do rol dos sentimentos desprezíveis. Os vivos nunca nos deram nada além de fezes e suor. E nunca exigimos mais. Sabíamos que a maioria das pessoas exigiam moedas de troca. Não tínhamos. Não gostávamos de depender da benevolência de ninguém. Éramos espertas demais para isso. Nunca fizemos listas com tarefas para terceiros. O máximo que pedimos foi auxílio para carregar algumas sacas de arroz, para evitar que fossem devastadas pelos carunchos, assim mesmo pagamos com a refeição do dia. Não devíamos nada. Pagávamos mensalmente a assistência funerária. Antes de morrer cavaríamos a própria cova. Acenderíamos as próprias velas. Teceríamos nossas mortalhas. Tampamos as narinas e continuamos tão imóveis quanto antes. Depois saíamos correndo por quilômetros, voltávamos cobertas de suor. Tínhamos a impressão que se continuássemos a treinar uma hora não teríamos mais necessidade de respirar para nos mantermos em pé. Não respirar nos colocaria no mesmo patamar dos objetos inanimados, que duravam anos dentro das casas, passando de geração para geração. Os tapetes se confundiam com cães roucos e cansados. No entanto, não rosnavam nem enterravam os ossos dos seus donos. Nossas línguas colapsavam dentro das bocas. Nenhuma de nós era epilética. Embora nossos corpos se contorcessem estávamos vivas. Estranhamente vivas. Não que isso nos poupasse de alguma coisa ou nos dessem algum tipo de vantagem. Havia incontáveis defuntos dentro daquele quarto. E de alguma forma todos eles tinham algum grau de parentesco conosco. Se procurássemos direito provavelmente nos assustaríamos com a quantidade. Não conversávamos com nenhum. Nem poderíamos, já que a nossa pouca fé não nos permita. Como falamos antes, nascemos mancas. Às vezes, considerávamos que a fé era algo herdado geneticamente e não fazia parte dos nossos genes. Isso não soava estranho, já que éramos filhas de Don Silvério. Não acreditávamos que o diálogo poderia salvar os homens dos seus demônios. Não tinha salvado nossos inimigos. Não tinha nos salvado. Pelo contrário, só nos tinha feito cavar um buraco mais fundo. A cura pela fala era história para boi dormir. Soava bonito na boca de meia dúzia de psicanalistas hipócritas. Só víamos ao nosso redor rostos transtornados. Além disso, não considerávamos perder tempo com quem já não podia palitar os dentes. Não víamos motivos para tratar com respeito quem mantinha as mandíbulas imóveis. Sentíamos fome. Uma ânsia incontrolável. Tínhamos uma úlcera insaciável no estômago. Poderíamos comer um boi inteiro, bastava que nos servissem desossado. A vida nos parecia injusta, ainda assim não perdíamos a fome. O tecido adiposo se aglomerava no ventre e na cintura. Não tínhamos vergonha. Considerávamos ingenuidade deixar de comer pensando nas criaturas famintas. Nossas bocas não impediriam o mundo de ser devorado. Passamos gentilmente a língua nas gengivas, estávamos vivas. Tragicamente vivas. E isso importava pouco ou pouco importava. Podíamos facilmente nos fingirmos de mortas. Enganaríamos até mesmo as moscas. Não era um papel que exigia grandes habilidades de palco. Quem se preocuparia em velar nossos corpos? Antes de morrer fazíamos questão de nos lavarmos. Depois de mortas ninguém nunca mais jamais névermór violaria nossos corpos. Ele pertenceria a terra e apenas ela nos comeria. Não precisávamos da piedade de ninguém, sabíamos nos virar sozinhas. Rodávamos os anéis sobre as falanges. Viver tinha suas inutilidades. Não nos mexíamos, de longe deveria ser dificultoso distinguir o que era gente o que era pedra e o que era objeto inanimado. Não nos ofenderíamos se fossemos confundidas com um vaso chinês ou com uma rocha milenar. Os relógios também permaneciam com os ponteiros estáticos e confundiam a contagem do tempo. No porta-retratos víamos uma imagem que simulava nossa infância. Contudo, tal imagem não conseguia nos enganar, sabíamos que não tínhamos vivido nada digno a ponto de ser registrado por uma câmera fotográfica. Jogamos o porta-retratos no lixo, ali ele estava mais próximo da verdade. Éramos gente, mas podíamos também ser facilmente confundidas com os fantasmas que perambulavam pelo povoado, a maioria vindos do lado de lá, a cidade invisível que nunca morre, fundada por Don Silvério. A cidade de telhados cinzas. Ele arquitetou as casas de uma forma que pudessem ser vistas por qualquer um que passasse há quilômetros do povoado. Fazia questão de dizer que construíra uma cidade inteira com as próprias mãos, não precisou da ajuda de nenhum governante, não dependia de ninguém. Os acomodados que ficavam de mãos atadas esperando milagre de Deus. Ele mesmo fazia o milagre. O patrão sempre teve mania de grandeza. E uma ganância do tamanho do mundo. Não admitia perder nem ter menos cabeças de gado do que outros homens da região. Os seus culhões eram medidos de acordo com as suas posses. E ele levava isso a proporções gigantescas. Quando inventou de fumar não se contentava com cinco ou seis cigarros, eram dois maços por dia e três nos dias mais tediosos. Não se importava em adquirir uma tosse crônica. Vivia pigarreando. A mesma coisa aconteceu quando começou a beber, no início era apenas um aperitivo antes do almoço e do jantar. Depois de algumas semanas ninguém mais o via sóbrio. As garrafas vazias de conhaque se acumulavam na despensa. Alma se fingia de sonsa, cortava o gargalo e usava o resto das garrafas para armazenar banha de porco. Tinha nojo dos porcos, mas utilizava a gordura deles para cozinhar. Dizia que era mais saudável do que os óleos industrializados. Embora se recusasse a comer a carne. Nunca compreendemos isso. O estoque de garrafas só aumentava. Don Silvério não era violento, bebia e depois se jogava em algum canto e dormia. Talvez por isso Almã nunca tivesse se incomodado. Como a bebida começou a lhe dar prejuízos passou a não colocar mais nenhuma gota na boca. Ele costumava dizer que dava o sangue pelo trabalho. Não acreditávamos, mas não perdíamos tempo contestando o que ele afirmava. Ele não nos daria ouvidos. Sairia esbravejando e espalhando bitucas por toda a pensão. Depois ordenaria que recolhêssemos o lixo, ele não pretendia viver no chiqueiro. Se tivéssemos paciência peregrinaríamos até o outro lado, para ver de perto a desgraça que Don Silvério instaurou na cidade. Ao longe víamos pequenos postes enfeitando a estrada. Sabíamos pelas bocas dos caixeiros-viajantes que não apenas os habitantes envelheciam, as casas também envelheciam a olhos vistos, faltava uma porta, uma janela, uma telha, eram tão faltosas quanto os seus moradores. Além disso, no povoado do lado de lá havia uma infinidade de casas vazias. A maioria dos habitantes morreram nos primeiros anos de nascimento, já que a falta de variabilidade genética era nociva e fez com que a maioria dos filhos de Don Silvério nascessem inválidos. Não tínhamos disposição, parece que nossos músculos foram inventados para andar distâncias curtas. Não conseguíamos andar mais de dois quilômetros sem ter de parar e descansar. Fora que não tínhamos nenhum tipo de estima por nossas meias-irmãs. Elas nem pareciam partilhar metade dos nossos genes. Não tínhamos nada que fazer por lá. A única coisa que nos movia era a curiosidade. Nada mais. Não perdíamos o nosso tempo imaginando como teria sido suas brincadeiras de infância. De tempos em tempos escutávamos a ladainha das procissões, acreditavam que poderiam ser salvas por algum tipo de santo aleijado. Se consideravam especiais porque eram todas defeituosas. Não conseguíamos sentir pena. Um cemitério de gente viva. Lá as luzes nunca se apagavam. Não gostávamos de pensar sobre as orgias que aconteciam naquela vila. Não participaríamos das orgias se fôssemos convidadas. Não era da nossa conta. Bastava ter que aturar os mandos e desmandos que aconteciam por aqui. Daqui podíamos ver os pontos luminosos. Não sei se podíamos chamar aquilo de cidade, era um pedaço de terra com gente fincada dentro e alguns postes de eletricidade amarelada. Também era possível ver um manicômio. Dizem que não se deve fundar uma cidade sem antes construir uma casa para loucos. Um pouco mais a frente pastos a perder de vista. Talvez por isso chamávamos de cidade, por causa da meia dúzia de postes, não era qualquer povoado que possuía eletricidade. Apesar de nunca termos andado mais do que quarenta quilômetros a frente da nossa vila. Não sabíamos ao certo o que poderia ser visto adiante. Don Silvério era tão arrogante que quis fundar uma cidade inteira com o seu saco escrotal. Se não bastasse isso, colocou seu nome em algumas praças e ainda teve a pachorra de mandar esculpir o seu busto. O que evidentemente enfeiava a cidade. Tínhamos vergonha de Don Silvério. A sua ambição não conhecia limites. Brincava de Deus. Tínhamos nojo dos bastardos. Não nos admirávamos que todas tivessem nascidos defeituosas. Assim como aqui, Don Silvério pariu apenas mulheres. Essa era a sua sina. Por mais que se esforçasse só despencavam bucetas do seu corpo. Bucetas de todas as formas e de todas as cores. Contraímos com força nossas vaginas, como se quiséssemos impedir que uma bola caísse de dentro delas, ainda assim elas não se fechavam, continuavam frouxas e esburacadas. Não podíamos fingir que éramos seres completos, de longe se podia ver as trincas. Don Silvério só sabia gerar criaturas com buracos. Devia ser por isso que depois tentava de forma obsessiva tapar todos os buracos que inventou com o seu falo. Ainda que assim que tirasse o falo o buraco voltasse ao mesmo lugar e talvez até um pouco maior e talvez com um pouco menos de elasticidade. Por alguns segundos sentíamos falta do seu falo tapando nossas falhas. Depois recordávamos que Don Silvério fora a causa originária de termos nascido com circunferências dolorosas por toda nossa extensão boca orelhas vagina ânus. Se tivéssemos tempo fabricaríamos uma isca capaz de fisgar Don Silvério da abstração. Só podíamos ter paz se olhássemos no espelho. Não herdamos a cara de dom Silvério. Graças a Deus. Nem tudo estava perdido. Tínhamos salvação. Ainda assim detestávamos espelhos, é como se duplicassem nossas imprecisões. Ao menos não parecíamos com Don Silvério. Isso já era uma vantagem. Não podíamos dizer o mesmo do povo do outro lado. A fuça dele estava estampada em todos os rostos. Chegava a nos dar uma espécie de ânsia. Por isso, nenhuma fisionomia nos parecia agradável. Não nos esforçávamos, já nos bastava a nossa própria infamiliaridade. Mal dávamos conta das nossas vidas, não zelaríamos pelo bem de mais ninguém. Podíamos sentir pena por sabermos que eram mulheres assim como nós, no entanto, nem isso acalmava a nossa fúria. De alguma forma nos sentíamos surrupiadas por aquele povo animalesco. Desde que nos conhecemos por gente, Don Silvério passava vários meses por lá durante o ano. Tínhamos certeza que as árvores que cresciam lá se originaram das sementes da nossa terra. Tudo era bastardo naquele povoado, até mesmo a natureza. Ainda era noite, mas já era possível escutar agulhas penetrando lentamente no tecido do dia. Envelhecíamos a olhos vistos. Não podíamos fazer nada em relação a isso, estávamos completamente impotentes. E uma agonia tomava conta de nós. Ninguém nos alertara que a velhice chegaria tão rápido, mal tivemos tempo de trocar de roupa. Tínhamos que nos acostumar a encontrar uma nova cara no espelho todos os dias. Se ousássemos ficar semanas sem olhar no espelho provavelmente nunca mais voltaríamos a nos reconhecer. Talvez nos perdêssemos. Não nos abalávamos ou fingíamos não nos abalar e o sono não conseguia atingir nossas carnes. Não podíamos perder tempo dormindo. Permaneceríamos em vigília. Os lagartos se escondiam sob os galhos e os vagalumes se perdiam na escuridão. Não eram descobertos, continuavam confortáveis nas suas invisibilidades. Não ser tinha mais vantagens do que desvantagens. Nossos olhos pareciam dois sóis ensanguentados. Não chorávamos pelos cadáveres que o tempo fabricava. Não tínhamos nada a ver com isso. Apenas encenávamos um papel que nos foi dado. Não nos entregaríamos facilmente. Também não choraríamos pela juventude que perdemos entre um degrau e outro da escada. No final todos morreríamos à mingua. A madrugada parecia esconder duas noites, embora não prenunciasse nenhum sol. Se prendêssemos a respiração conseguíamos escutar as moscas esfregando uma pata na outra e o barulho era tão ensurdecedor quanto cascos de cavalos batendo no assoalho. Se atentássemos ainda mais os ouvidos podíamos escutar os carrapatos acasalando entre os pelos dos cachorros. Não nos interessávamos pela sexualidade dos aracnídeos, mas por vezes nos distraímos observando. O dia amanheceria morto e nublado como um pão amanhecido. Não lamentaríamos, lavaríamos os rostos, beliscaríamos as bochechas para o sangue aquecer e continuaríamos acordadas. Já tínhamos aguentado a noite inteira, não iríamos sucumbirmos agora. Dormir nos tornaria um cadáver em potencial. Não queríamos ser enterradas vivas. Esse era nosso pesadelo coletivo desde crianças. Era melhor que ficássemos atentas. Os vagalumes desapareceram com a luz do dia. Um galo rouco anunciaria a chegada do amanhecer sem nenhum ânimo. Não havia nada que poderíamos fazer em relação a isso. Não tínhamos o controle e isso nos deixava numa situação um tanto quanto confortável. Retiramos os ovos do ninho e fizemos uma omelete, no final, era assim que acabavam as criações, cedo ou tarde, dentro das panelas. Jogamos fora a borra de café, amanhã faríamos outro, tomaríamos e no dia do dia seguinte também, seguir uma rotina nos lembrava que éramos gente e não bicho. Colocamos o coador para secar. Nos dava um certo alívio saber que não repartiríamos a mesma lavagem dada aos porcos. Não que nos sentíssemos superior aos porcos. Se continuássemos prendendo a respiração também escutaríamos os cupins roendo a madeira dos móveis. Também podíamos escutar os estalos das panelas de ferro fundido nos armários. O tic-tac dos relógios já não nos assustavam, tampouco o giro rápido das horas. O patrão já não podia vigiar nossos passos. Não precisávamos mais de destreza para girar as maçanetas. Ele tinha mil olhos e todos eles estavam embaçados por uma névoa purulenta. Achávamos pouco, como o povo da vila costuma dizer, o castigo vem a galope. Sim, é verdade, e no caso de Don Silvério veio em cima do seu próprio cavalo. Um cavalo feio, a crina pendurada numa trança mal feita, parecia mais um burro disfarçado. Retiramos a sela e esperamos o cavalo desaparecer. Espantamos com o pé, como se espanta galinhas. Não desapareceu, pelo visto decidiu velar o seu patrão. Não arredava o pé, só faltou se sentar e pedir um cigarro por obséquio. Nem sabíamos que os cavalos nutriam consideração pelos seus proprietários. Provavelmente imaginava ser um cachorro e se sentia na obrigação de morrer junto com o dono. Tinha uma compaixão que desconhecíamos. Embora não invejássemos a sua capacidade de sentir compaixão. É bom lembrar que em todas as guerras assassinaram mais cavalos do que homens, não nos admiraria se os equinos passassem a detestar os homens e sua civilização de merda. No entanto, não era isso que acontecia com o cavalo de Don Silvério. Relinchava e se colocava em pé, ainda que capenga, na beirada da cama, como se fosse um parente muito próximo. Voltava a relinchar imitando um gemido humano. Chorava pela desgraça do seu patrão. Se tivesse mãos colocaria em cima das mãos magras do seu amigo. Talvez até rezasse um pai nosso ou uma salve rainha. Se forçássemos a vista poderíamos jurar que o cavalo seguia as contas do terço. Chegávamos perto da sua orelha pontiaguda e sussurrávamos: você está acendendo vela pra mau defunto. O cavalo se fazia de surdo. Vez ou outra bambeava as pernas e desfalecia por alguns minutos. Não era justo que se comportasse como um moribundo só porque o seu dono estava definhando. Não podíamos confiar nem mesmo na dureza dos animais. Pensamos em enxotá-lo, depois desistimos, se queria puxar o saco do patrão que puxasse, dois animais no lugar de um não faria diferença. Estendemos um lenço na direção do cavalo, por um instante esquecemos que era impossível que ele assoasse o nariz sozinho. Teríamos que ajudá-lo. Emprestamos a contragosto nossas mãos. Ele agradeceu descendo levemente às patas dianteiras. Fizemos um breve aceno com a cabeça. Nossas tarefas se reduziram a manter o bem-estar de Don Silvério, e por vezes, de seu cavalo, pois ele se recusou a ir embora, empacou feito um burro velho. Em algumas ocasiões, se mexia, mas apenas para mudar de lado ou para espantar alguma mosca que insistia em pousar nele ou no patrão. Não tínhamos paciência nem força para remover o seu corpo, então, deixamos para lá. Também consideramos que Don Silvério queria que o animal continuasse a adulá-lo. Não que ele pudesse fazer tal exigência, mal tinha forças para defecar. Além disso, agora ele tinha a boca selada pela desgraça. Fazia tempo que não escutávamos mais a voz estrondosa do patrão, graças a Deus e a sua epifania, que colocou Don Silvério num entorpecimento e numa mudez interminável. Suspendíamos as suas pernas enquanto entoávamos cantigas, não porque estávamos felizes, mas para que Don Silvério nos invejasse. Nenhum desgraçado suporta a felicidade alheia. Já não sabíamos se ele ainda possuía domínio de suas cordas vocais, provavelmente elas já tinham sido atrofiadas pela falta de uso. Ríamos por dentro. Não precisávamos mais abaixar as cabeças enquanto ele inspecionava nosso serviço nem abaixar as calças quando ele entrava em nossos quartos. Ninguém mais conferiria a quantidade e espessura de nossas pregas. Não sentiríamos falta da função paterna. Podíamos viver sossegadas como um bando de órfãs. A questão é que Don Silvério foi minguando aos poucos em torno da mesa de jantar, ele já não era capaz de engolir nada sólido, nem mesmo um grão de arroz. Nem um mísero grão de arroz. Olhávamos as sacas que ele insistia em serem acumuladas nos galpões e achávamos graça, provavelmente serviriam de comida para os ratos que ele tanto abominava. Pensávamos na graciosidade desses pequenos mamíferos abrindo pequenos buracos nos sacos antes de encherem a pança com a comida suada de Don Silvério. Às vezes, enchíamos as mãos com os grãos e derrubávamos na sua frente, sabíamos que ele não poderia reclamar o desperdício, sequer tínhamos certeza de que ele fosse capaz de compreender o que ocorria a sua frente, no entanto, toda vez que agíamos assim víamos uma lágrima de horror escorrer pelo seu rosto macilento. Parávamos o espetáculo para recomeça-lo no dia seguinte, não queríamos que o patrão desperdiçasse suas lágrimas todas em apenas um dia. Agora Don Silvério tinha a mesma dependência de um recém-nascido, conseguia se comunicar apenas através de choros e gemidos. No entanto, apesar de agir como um bebê não possuía a graça deles, tinha os trejeitos e a aparência de um defunto maquiado. Se não quiséssemos ouvir, bastava tapar os ouvidos com os dedos. Não sentíamos dó, apenas uma espécie de satisfação silenciosa. Não acreditávamos na providência divina, mas tínhamos de confessar que Don Silvério pagava um preço razoável pelas maldades cometidas. Se antes os seus olhos se espalhavam por cada canto da pensão, agora não via nada além do teto branco acima do leito, por sorte, algumas moscas, às vezes, pousavam em cima do seu nariz, trazendo certa graça a sua existência. Às vezes, pensávamos em espantá-las com pequenas raquetes, depois considerávamos que seria melhor deixá-las distraindo o patrão. No fundo não éramos tão ruins. Poderíamos matá-lo logo e aliviar a sua agonia. Não queríamos. Don Silvério não queria ser enterrado, pediu que o deixássemos na sala de jantar depois que morresse, em cima da mesa principal, não permitiria que a morte o tirasse do meio de nós, continuaria vigiando nossas condutas, pelo menos era isso que ele achava, se não fosse enterrado poderia continuar ditando as regras da pensão. Fazia questão de ficar conosco, não ficaria com a sua família de mongoloides, pois eles já tinham seu martírio, além disso, morreriam cedo. E ele não queria ser esquecido mesmo depois de morto. Nos parecia justo prolongar a sua estadia numa mesa de jantar de madeira maciça. Durante semanas molhávamos o algodão dentro de uma xícara lascada e passávamos com uma delicadeza fingida nos lábios do nosso patrão. Almå não poderia alegar que não estávamos cuidando do nosso querido pai. Não o deixaríamos morrer de sede. Não queríamos que ele morresse desidratado. A água penetrava lentamente naquele cadáver adiado. Cada dia ele perdia um pouco mais de carne por debaixo da pele, como se ela evaporasse quando fechássemos os olhos. Não precisaríamos mais rezar para que ele acabasse logo, a morte certamente já estava instalada nos seus ossos. No quarto o relógio continuava seu trabalho, girava pausadamente os ponteiros, como se ficasse margeando infinitamente o mesmo círculo. Ainda que os ponteiros não pudessem romper essa viagem infinita e repetitiva em torno de si mesmo, o tempo passava ligeiro. Não precisávamos dar corda, esse era um instrumento moderno alimentado a pilhas alcalinas. Não compreendíamos o porquê os relógios fascinavam tanto Don Silvério. Agora o patrão já não parecia tão monstruoso como nos tempos da lida, seu rosto parecia pacificado, como o rosto de um soldado que já se conformou em perder a guerra para o inimigo. Já não era capaz de nos impor qualquer tipo de medo. Era como se tivéssemos a oportunidade de conhecer um outro pai, agora submisso e dócil. Sabíamos que em breve teríamos que transportá-lo para a sala de jantar, Almå pediria que fizéssemos esse favor, já que era muito custosa para ela ver o sofrimento do patrão. Não discutiríamos com ela sobre a sua capacidade de sofrer, apenas obedeceríamos, porque já não nos custava nada obedecer. Os porcos deveriam estar com fome, há dias não descíamos até o chiqueiro. Olhávamos aquele corpo magro, já com os músculos atrofiados, não seria tão difícil devorá-lo, talvez bastasse alguns minutos de mastigação. Na verdade, ele não seria capaz nem de matar a fome de uma criança raquítica. Levantamos as mãos de Don Silvério que estavam inertes ao lado do corpo (eram semelhantes às mãos de um boneco de cera), estavam magras, não seria tão diferente de comer pés de galinha. Nós gostávamos de pé de galinha. Almã também gostava, embora não admitisse. Ela só não gostava de porcos, embora gostasse do porco do Don Silvério. Sim, outros porcos ela não admitia colocar na boca, mas se esbaldava com o pau do patrão, chegava a engasgar. Não precisaríamos de tanta fome, cada uma se encarregaria de comer uma parte. Terminaríamos antes do amanhecer, talvez antes mesmo dos galos anunciarem um novo dia. Lembramos que na manhã seguinte, sem falta, precisaríamos deixar o patrão sozinho com Almã e alimentar as galinhas e os porcos. Quem sabe dividíssemos as tripas com os porcos, eles também estavam famintos. Voltamos a divagar sobre nossas comilanças. Continuamos analisando aquele corpo esquálido. Realmente não seria uma tarefa impossível. Don Silvério tinha sido um homem bem robusto, mas perdeu vários quilos nos últimos anos e agora então nem se fala. A sorte é que Don Silvério nunca foi um homem muito alto e com a idade tinha encurtado ainda mais. Éramos sete, contando a irmã inválida, podíamos contar com ela, porque embora não pudesse andar, tinha uma fome insaciável. Não nos admiraríamos se ela exigisse uma parte maior na hora da partilha. Ainda que ela não parecesse nutrir tanto ódio de Don Silvério quanto nós ou disfarçava muito bem o seu rancor. Pegamos uma caneta e tracejamos algumas linhas, sete partes iguais, primeiro fizemos uma divisão entre troncos e membros, depois continuamos a partilha imaginária, assim teríamos ideia do tamanho da gula que precisaríamos. Concordamos que as mais rechonchudas deveriam ficar com um naco maior de carne. Ninguém reclamou. Não fazíamos nada sem o aval de todas as outras. Sabíamos que a pior parte seria a cabeça e as vísceras, no entanto, já tínhamos comido muitos porcos e carneiros, não deveria ser muito diferente. Tracejamos ao acaso mais algumas linhas sobre o corpo pequeno e monstruoso de Don Silvério. Decidimos que dividiríamos o seu falo e o seu saco escrotal em sete partes iguais, não achávamos justo uma de nós não poder experimentar essas iguarias. Abrimos a gaveta, reviramos todos os talheres em cima do balcão, era uma escolha delicada, um momento especial, não podíamos pegar qualquer garfo ou faca, teríamos que escolher a dedo, depois de alguns minutos de indecisão cada uma pegou o talher que considerou mais adequado. Recordamos de um livro que líamos há pouco sobre o parricídio cometido pelos irmãos no início dos tempos: "um dia se reuniram em torno da mesa e devoraram o PAI, pondo fim a horda paterna. Nasceu a culpa."

Cortamos Don Silvério em sete partes iguais. Mastigamos. Engolimos em poucos minutos nossa memória ancestral. *Ph₂tér*. Pater. Pare. Père. Pai. Patrem. Patrão. Padre. Padrinho. Professor. Verdugo. Lei. Cicatriz. Todos têm a mesma raiz etimológica, no entanto, nenhuma dessas designações explica a sua monstruosidade e seu fascínio pelos relógios de corda.

Um sangue grosso escorria por nossas veias e manchava o relógio de pulso. Senhor. Não, você nunca foi nosso PAI.

[Amanhã não podemos esquecer de alimentar os porcos].

* * *

Este livro foi composto em Minion Pro
e impresso em papel pólen bold 90 g/m²,
em abril de 2025.

Impressão e Acabamento | Gráfica Viena
Todo papel desta obra possui certificação FSC® do fabricante.
Produzido conforme melhores práticas de gestão ambiental (ISO 14001)
www.graficaviena.com.br